समग्र लोक व्यवहार

सरश्री द्वारा रचित श्रेष्ठ पुस्तकें

१. इन पुस्तकों द्वारा आध्यात्मिक विकास करें
- **नि:शब्द संवाद का जादू** – जीवन की १११ जिज्ञासाओं का समाधान
- **विचार नियम** – आपकी कामयाबी का रहस्य
- **विकास नियम** – आत्मविकास द्वारा संतुष्टि पाने का राज़
- **कर्मयोग नाइन्टी** – हर एक की गीता अलग है
- **रहस्य नियम** – प्रेम, समृद्धि, आनंद, ध्यान और परमेश्वर प्राप्ति का मार्ग
- **टाइम मैनेजमेंट समय नियोजन के नियम**
- **ध्यान नियम** – ध्यान योग नाइन्टी
- **अभिमान से मुक्ति** – नम्रता की शक्ति
- **ए टू ज़ेड २६ सबक** – 26 Lessons of life
- **कैसे लें ईश्वर से मार्गदर्शन** – जो कर हँसकर कर
- **पहले राम फिर काम** – भक्ति शक्ति रामायण पथ
- भक्ति के भक्त – रामकृष्ण परमहंस

२. इन पुस्तकों द्वारा स्वमदद करें
- **मोह, अहंकार और बोरडम से मुक्ति** – सूक्ष्म विकारों पर विजय
- **भय, चिंता और क्रोध से मुक्ति** – स्थूल विकारों से मुक्ति
- **नींव नाइन्टी** – नैतिक मूल्यों की संपत्ति
- **स्वसंवाद का जादू** – अपना रिमोट कंट्रोल कैसे प्राप्त करें
- **संपूर्ण लक्ष्य** – संपूर्ण विकास कैसे करें
- **संपूर्ण सफलता का लक्ष्य**
- **निर्णय और जिम्मेदारी** – वचनबद्ध निर्णय और जिम्मेदारी कैसे लें
- **आलस्य से मुक्ति के ७ कदम**

३. इन पुस्तकों द्वारा हर समस्या का समाधान पाएँ
- **स्वास्थ्य त्रिकोण** – स्वास्थ्य संपन्न
- **सुनहरा नियम** – रिश्तों में नई सुगंध
- **स्वीकार का जादू** – तुरंत खुशी कैसे पाएँ
- **स्वास्थ्य के लिए विचार नियम**

४. इन आध्यात्मिक उपन्यासों द्वारा जीवन के गहरे सत्य जानें
- मृत्यु का महासत्य **मृत्युंजय**
- **स्वयं का सामना** – हरक्युलिस की आंतरिक खोज

बेस्टसेलर पुस्तक
'विचार नियम'
के रचनाकार
सरश्री

समग्र

लोक
व्यवहार

मित्रता और रिश्ते निभाने की कला

समग्र लोक व्यवहार

मित्रता और रिश्ते निभाने की कला

© Tejgyan Global Foundation

All Rights Reserved 2016.
Tejgyan Global Foundation is a charitable organization
with its headquarters in Pune, India.

पहली आवृत्ति : नवंबर २०१६

रीप्रिंट : जून २०१७

प्रकाशक : वॉव पब्लिशिंग्स प्रा. लि., पुणे

सर्वाधिकार सुरक्षित

वॉव पब्लिशिंग्ज् प्रा. लि. द्वारा प्रकाशित यह पुस्तक इस शर्त पर विक्रय की जा रही है कि प्रकाशक की लिखित पूर्वानुमति के बिना इसे व्यावसायिक अथवा अन्य किसी भी रूप में उपयोग नहीं किया जा सकता। इसे पुनः प्रकाशित कर बेचा या किराए पर नहीं दिया जा सकता तथा जिल्दबंद या खुले किसी भी अन्य रूप में पाठकों के मध्य इसका परिचालन नहीं किया जा सकता। ये सभी शर्तें पुस्तक के खरीददार पर भी लागू होंगी। इस संदर्भ में सभी प्रकाशनाधिकार सुरक्षित हैं। इस पुस्तक का आंशिक रूप में पुनः प्रकाशन या पुनः प्रकाशनार्थ अपने रिकॉर्ड में सुरक्षित रखने, इसे पुनः प्रस्तुत करने की प्रति अपनाने, इसका अनूदित रूप तैयार करने अथवा इलेक्ट्रॉनिक, मैकेनिकल, फोटोकॉपी और रिकॉर्डिंग आदि किसी भी पद्धति से इसका उपयोग करने हेतु समस्त प्रकाशनाधिकार रखनेवाले अधिकारी तथा पुस्तक के प्रकाशक की पूर्वानुमति लेना अनिवार्य है।

Samagra lok vyavhar

Mitrata aur rishte nibhane ki kala

by **Sirshree** Tejparkhi

यह पुस्तक समर्पित है
रिश्तों की सीमा को आदर देनेवाले
भगवान श्री राम को,
उनके लोक व्यवहार ने लोगों को
रिश्तों में बसी मर्यादा का
पालन करना सिखाया है।

विषय सूची

| प्रस्तावना | व्यवहार कुशलता | 11 |

लक्ष्य, अर्थ और लक्ष/मन

खण्ड १ लोक व्यवहार के सूत्र — 15

| अध्याय १ | लोक व्यवहार का लक्ष्य | 17 |

समझ का बाँध, व्यवहार की दिशाएँ

| अध्याय २ | लोक व्यवहार का गुण | 23 |

'समग्रता'

| अध्याय ३ | मित्रता और रिश्ते निभाने की शुरुआत | 31 |

रिश्तों में उसूल और परस्पर समझ

| अध्याय ४ | लोक व्यवहार की आज़ादी कैसे मिले | 37 |

सबसे बड़ी आज़ादी

| अध्याय ५ | व्यवहार चुनाव आज़ादी का क्षेत्र | 45 |

अंतराल का राज़

| अध्याय ६ | पुश-पुल व्यवहार रहस्य | 51 |

पृथ्वी है एक ताजमहल

अध्याय ७	व्यवहार कुशलता का पहला तरीका	59
	अग्र-उग्र प्रतिसाद	
अध्याय ८	व्यवहार कुशलता का दूसरा तरीका	67
	नम्र-सब्र प्रतिसाद	
अध्याय ९	व्यवहार कुशलता का तीसरा तरीका	75
	विग्र प्रतिसाद	
अध्याय १०	व्यवहार कुशलता का चौथा तरीका	81
	समग्र व्यवहार, पृथ्वी प्रतिसाद	
अध्याय ११	समग्रता के साथ प्रतिसाद	91
	दर्द और दुःख में योग्य व्यवहार	
अध्याय १२	कृष्ण प्रतिसाद देना सीखें	99
	लोक व्यवहार की छूटी हुई कड़ी	
अध्याय १३	समग्र व्यवहार के पहलू	105
	आंतरिक प्रतिसाद - भाग १	
अध्याय १४	समग्र व्यवहार के पहलू	115
	व्यापार और संचार भाग २	

खण्ड २ समग्र लोक व्यवहार, आपका दर्पण-पूर्ण दर्शन	**121**

अध्याय १५ समग्रता से जीने में मन की मनमानी	123

अपनी वृत्तियाँ पहचानें

अध्याय १६ व्यवहार में प्रेम की झलक	135

प्रेम प्रतिसाद अपनाएँ

अध्याय १७ क्षमा प्रतिसाद	141

उच्चतम व्यवहार की कला

अध्याय १८ समग्र व्यवहार की पहचान	149

ज्ञान का दान

अध्याय १९ पूर्णता व समग्रता की कला सीखें	157

कल-कल की नकल न करें

अध्याय २० समग्र व्यवहार से पहले पूर्णता की खोज	163

पूर्णता का आखिरी पड़ाव

परिशिष्ट तेजज्ञान फाउण्डेशन की जानकारी	**176-184**

व्यवहार कुशलता

लक्ष्य, अर्थ और लक्ष/मन

प्रस्तावना

> जीवन का असली लक्ष्य है कि
> जीवन- जीवन को जाने,
> जीवन- जीवन की अभिव्यक्ति करे,
> जीवन- जीवन के गुणों को प्रकट करे,
> जीवन- समग्र लोक व्यवहार समझकर
> आज़ादी का उत्सव मनाए।'

कल्पना करके देखें कि आप एक शरारती बच्चे के साथ एक महल में रहते हैं। वह बच्चा उस महल की वस्तुओं को गुस्से में फेंककर तोड़ता है। उसके हाथ गुस्से, डर, नफरत, उत्तेजना और अहंकार के कारण काँपते रहते हैं।

दरअसल आप उस बच्चे को शिल्पकार बनाना चाहते हैं। उसकी मदद से एक विशाल 'तेज महल' बनाना चाहते हैं। बच्चे का यह लक्ष्य आप जानते हैं मगर उसके काँपते हाथों को देखकर आप समझ जाते हैं कि इस तरह वह तेज महल नहीं बना पाएगा।

अपना लक्ष्य पाने के लिए, उस बच्चे को प्रशिक्षण देना ज़रूरी है। आप उस बच्चे को प्रशिक्षण देने के लिए गुरुकुल ले जाते हैं। यह गुरुकुल पृथ्वी पर है। उस गुरुकुल में एक विशेष पद्धति द्वारा बच्चों को तैयार किया जाता है। गुरुकुल में दाखिला मिलने से पहले आप गुरुकुल का चारों तरफ से निरीक्षण करते हैं। आप बच्चे को गुरुकुल के सभी सदस्यों से मिलवाते हैं। बच्चे को गुरुकुल में बताया जाता है कि 'इस प्रशिक्षण

में यह तुम्हारा भाई बनेगा... यह तुम्हारी बहन बनेगी... यह तुम्हारे पिताजी... माताजी, चाचाजी... इत्यादि बनेंगे।' बच्चा नए वातावरण और नए खेल में खुश होकर नए संबंधियों के साथ खेलने-कूदने लगता है और आप बच्चे का दाखिला लेने के बजाय गुरुकुल के बगीचे में टहलने जाते हैं। नए-नए दृश्यों से प्रभावित होकर आप बगीचे की एक बेंच पर सो जाते हैं। पेड़ के नीचे सुखद हवा में आप ख्वाबों में खो जाते हैं।

वहाँ गुरुकुल में बच्चा कुछ समय बाद अपनी आदत के कारण लोगों से लड़-झगड़कर नाराज़ हो जाता है। वह प्रशिक्षण शुरू होने से पहले ही माया में अंधा होकर आपके पास आकर वापस चलने की ज़िद करता है। आप नींद से उठकर, सपनों से बाहर आकर पछताते हैं कि 'मैंने इतना समय सपने को हकीकत मानकर गँवा दिया। इस समय में यदि मैंने बच्चे का दाखिला लिया होता और गुरुकुल के प्रिन्सिपल से बात की होती तो यह दिन देखने को नहीं मिलता।' अब आप उस बच्चे को वापस अपने महल ले जा रहे हैं और रास्ते में यही सोचते हुए जा रहे हैं कि 'यह बच्चा वापस चलकर तेज महल बनाने योग्य नहीं होगा। तेज महल तो दूर की बात है यह बच्चा बना-बनाया महल भी तोड़ देगा। काश! मैंने समय का सही उपयोग किया होता। काश! मुझे सही समय पर किसी ने जगाया होता।'

यह कहानी गूढ़ रहस्य का संकेत करती है क्योंकि यह कहानी पृथ्वी जीवन का प्रतीक है। जीवन में आपको कौन सी बातें सीखनी हैं और पृथ्वी पर आने का आपका लक्ष्य कैसे पूर्ण हो, यह इस कहानी के द्वारा बताया गया है। इस कहानी के प्रतीकों की भाषा इस तरह समझें :

बच्चा   : आपका मन

पिता/माता   : आप

गुरुकुल   : पृथ्वी

प्रिन्सिपल   : मार्गदर्शक, गुरु

तेज महल   : आपका असली घर,

इस कहानी में बच्चा आपके मन का प्रतीक है, जिसे प्रशिक्षण देने के लिए आप इस पृथ्वी पर ले आए हैं। मन की आदतें अहंकार युक्त, घृणा, द्वेष, नफरत, लालच की हैं। अहंकार की वजह से बच्चे को जल्दी क्रोध आता है। क्रोध में वह बच्चा अपने महल को खंडहर बनाता है। गुरुकुल यह पृथ्वी है, जहाँ कुल-मूल लक्ष्य यानी मन को महल में रहने लायक बनाने का प्रशिक्षण तथा उसे नया, विशाल तेज महल बनाने के लिए अकंप हाथ बनाने की कला सिखाई जाती है। इस प्रशिक्षण में उसे वस्तुओं से, विचारों से, शरीरों से चिपकाव तोड़ने की कला सिखाई जाती है। यह कला सीखकर मन अकंप, प्रेमन, निर्मल और आज्ञाकारी बन जाता है। यह कला सिखाने के लिए गुरुकुल यानी पृथ्वी पर कई सारे झूठे-मूठे रिश्तेदार दिए जाते हैं। इस खेल के द्वारा मन का मैल निकालकर, उसे व्यवहार कुशलता सिखाकर निकाला जाता है।

कहानी में यह भी बताया गया है कि आप अज्ञानवश गुरुकुल के बगीचे यानी संसार की माया में सो गए। ख्वाबों और खयालों में संजीवनी यानी पृथ्वी पर आने के लक्ष्य को आप भूल गए। जब पृथ्वी से वापस जाने का समय आ गया तब ही आप जागे और आपको अपनी गलती का एहसास हुआ। गलती यह हुई कि न आपने मन के प्रशिक्षण के लिए दाखिला लिया और न ही आप गुरु से मिले। यदि आप दाखिला लेने के लिए गुरु से मिले होते तो उन्होंने गुरुकुल के नियमों के बारे में आपको बताया होता, मन को वश में करने की कुछ आज्ञाएँ आपको दी होतीं। आपको 'माया के बगीचे में कैसे नींद न आए' का रहस्य बताया होता, जिससे जाते वक्त आपका मन सुमन हो गया होता। वह बच्चा (सुमन) संपूर्ण लक्ष्य का आनंद पाकर तेज महल का युवराज यानी बुद्ध, महावीर, राम, कृष्ण, परमहंस बना होता।

ऊपर दिए गए उदाहरण से समझें कि यदि आपको पृथ्वी पर आने का लक्ष्य प्राप्त करना है तो पहले संपूर्ण जीवन का ज्ञान प्राप्त करना सबसे महत्वपूर्ण है। यह संजीवनी है। इस संजीवनी के कारण आप कभी भी बेहोश नहीं होंगे और आपका लोक व्यवहार सदा पृथ्वी लक्ष्य को ध्यान

में रखकर होगा। ऐसे लोक व्यवहार को समग्र प्रतिसाद कहते हैं। यह व्यवहार आज़ाद होकर किया जाता है।

यह पुस्तक लोक व्यवहार की कुंजी है। इस कुंजी द्वारा आप व्यवहार कुशलता के खज़ाने का ताला बड़ी कुशलता से खोलने जा रहे हैं इसलिए ज़रा पुस्तक पढ़कर, खुलकर, रिश्तों में आगे बढ़कर तो देखें...

... सरश्री

नोट : दो खण्डों के इस पुस्तक के अंत में, पृष्ठ क्रं. १७३ पर पूर्ण सारणी, तालिका के रूप में दी गई है। पूर्ण पुस्तक पढ़ने के बाद यह सारणी काटकर आप योग्य स्थान पर लगा सकते हैं। यह सारणी आपको जीवन का प्रतिसाद याद दिलाती रहेगी। हाथ की अलग-अलग मुद्राएँ आपको लोक व्यवहार सार की याद दिलाएगी। पुस्तक में चित्रों का इस्तेमाल भी किया गया है, जो हमें पुस्तक के गूढ़ रहस्य को समझने में मदद करते हैं। इन चित्रों पर रुककर ज़रूर मनन करें।

खण्ड १
लोक व्यवहार के सूत्र

शब्दावली

प्रतिसाद	:	व्यवहार, रिस्पॉन्स, प्रतिउत्तर, प्रतिक्रिया
समग्रता	:	पूर्ण ऊर्जा सहित/ भाव, विचार, वाणी और क्रिया का संगम
कुशलता	:	निपुणता
पृथ्वी प्रतिसाद	:	पृथ्वी लक्ष्य को ध्यान में रखकर किया गया लोक व्यवहार, समग्र प्रतिसाद
पृथ्वी लक्ष्य	:	पृथ्वी पर आने का कुल-मूल लक्ष्य - क.म.ल.

अध्याय एक
लोक व्यवहार का लक्ष्य
समझ का बाँध, व्यवहार की दिशाएँ

स्वर और कर्म का असर तुरंत दिखाई देता है
इसलिए सदा मंद व मीठे स्वर में बात करें।
कर्म करने से पहले कर्मात्मा को याद करें।
कर्मात्मा यानी कर्म के पीछे का भाव (प्रेम),
भावना (इन्टेंशन)
और प्रज्ञा (समझ)।

मन को लक्ष्य मिलने से जीवन को दिशा मिलती है, मन को ज्ञान मिलने से इंसान को पूर्णता मिलती है। जीवन की गुणवत्ता बदलनी है तो मन की दिशा बदलें, जीवन को अखंड बनाना है तो समग्रता से जीएँ। समग्रता यानी पूर्ण ऊर्जा सहित जीना। पूर्णता यानी हर काम को मुकाम देकर अपने हर कर्म, हर व्यवहार, हर प्रतिसाद को योग्य दिशा देना।

हमारे जीवन में कई बार ऐसे मौके आते हैं, जब हम कहते हैं कि 'अगर मैंने फलाँ घटना में अलग तरह से व्यवहार किया होता, अगर मैंने लोक व्यवहार सीखा होता तो आज मेरे जीवन की दशा (हालत) अलग होती।' ये शब्द हमसे इसलिए निकलते हैं क्योंकि कई बार हमारा खुद के क्रियाओं और व्यवहार पर नियंत्रण नहीं होता, हमारी समझ में समग्रता और पूर्णता नहीं होती। लोक व्यवहार करने से पहले अपने आपसे पूछें कि 'क्या इस वक्त मुझे नम्र (उत्तर) प्रतिसाद देना चाहिए या सब्र (दक्षिण) प्रतिसाद? इस घटना में अग्र (पूर्व) प्रतिसाद देना योग्य है या विप्र (पश्चिम) प्रतिसाद सही है?' इन सवालों के जवाब अंदर से आने

पर आप अपने लोक व्यवहार को योग्य दिशा दे पाएँगे। यही है पृथ्वी पर जीने का उच्चतम (समग्र) तरीका, सच्चा लोक व्यवहार।

कई बार हम लक्ष्य तय किए बगैर ही जीवन रूपी यात्रा का सफर शुरू करते हैं और अंत में हमें पता चलता है कि जो समझ प्राप्त करने के लिए हम पृथ्वी पर आए हैं, वह समझ तो हमें मिली ही नहीं। बिना पृथ्वी लक्ष्य के हम योग्य व्यवहार भी नहीं कर पाते इसलिए अपने जीवन को योग्य दिशा देना हम सबका पहला कर्तव्य है।

हमारा जीवन कई बार बाढ़ के पानी की तरह लक्ष्यहीन बह जाता है। बाढ़ के पानी को रोका नहीं जा सकता, वह नदी के किनारों को तोड़कर चारों ओर फैल जाता है और जगह-जगह गड्ढों में भर जाता है। कई दिनों तक गड्ढों में ठहरने की वजह से पानी सड़ने लगता है, उसमें दुर्गंध आने लगती है और उसमें मक्खी-मच्छर पलने-बढ़ने लगते हैं, जिससे अनेक तरह की बीमारियाँ फैलती हैं। हमारे दिशाहीन जीवन की भी यही हालत हो सकती है इसलिए जल्द से जल्द अपने जीवन की क्रियाओं यानी व्यवहार को सही दिशा दें, जो इस पुस्तक का लक्ष्य है, जो अब आपके हाथों में है।

जैसे पानी को लक्ष्य देने के लिए बाँध बाँधना ज़रूरी है, उसी तरह हमारी क्रियाओं को होश पूर्ण, समझ के साथ नियंत्रित करना जरूरी है। हमारे व्यवहार में समझ का जुड़ना बाँध स्वरूप है। हमारे जीवन में जब कोई घटना होती है, तब हम उस पर प्रतिक्रिया करते हैं। इसी प्रतिक्रिया को लोक व्यवहार कहते हैं। यदि हम व्यवहारों का उचित चुनाव और प्रयोग करना सीख जाएँ तो हमारे जीवन को प्रेम की सौगात मिलेगी, जिससे हमारी जीवन रूपी गाड़ी बिना झटका खाए, सुचारु रूप से चल पाएगी।

हर इंसान अपने लिए जीवन का एक ढाँचा चाहता है और उस ढाँचे के आधार पर वह काम करना चाहता है। ज़्यादातर यह ढाँचा सबको समाज, शिक्षकों और अभिभावकों द्वारा बना-बनाया मिलता है।

उस ढाँचे के बाहर जाकर हम कुछ करने के लिए तैयार नहीं होते क्योंकि नए का स्वागत करना और उस पर अमल करना हमें मुश्किल लगता है। अपनी कल्पनाओं और गलत मान्यताओं से बाहर आने के लिए हम आसानी से तैयार नहीं होते। कई बार हमें अपना पुराना दुःख ही अच्छा लगने लगता है क्योंकि वह पहचाना सा लगता है। जबकि हकीकत यह है कि आनंद ही हमारा मूल स्वभाव है, आनंद ही हमारी पहचान है।

जीवन की खूबसूरती- समग्र व पूर्ण आनंद लेने में है। जीवन का सच्चा आनंद लेना, जो हमें व्यवहार चुनाव की आज़ादी मिलने पर मिलता है, जो हमारा मूल उद्‌देश्य है, हम सबको सीखना चाहिए। मगर आज ज़्यादातर लोग इस उद्‌देश्य से दूर होकर संसार की बाकी निरर्थक बातों में ही लगे हुए हैं क्योंकि उन्होंने अपने जीवन को सीमित और खंडित बना लिया है।

आज देश आज़ाद घोषित किया जाता है परंतु हम अभी तक मन से गुलाम ही हैं क्योंकि हमारा मन जो भी उचित-अनुचित कहता है, उसे हम पूरा करते रहते हैं। सही रूप से हम तब आज़ाद होंगे, जब हमें व्यवहार चुनाव की आज़ादी मिलेगी।

अब प्रश्न आता है कि व्यवहार चुनाव आज़ादी का क्षेत्र कहाँ है? व्यवहार के कितने प्रकार हैं? इस सच्ची आज़ादी को हम कैसे प्राप्त करें और कैसे इसका इस्तेमाल करें? इन सभी प्रश्नों के उत्तर आपके भीतर हैं। लोक व्यवहार इन सभी उत्तरों को बाहर निकालने में आपकी मदद करेगा।

आपका मनन प्रतिसाद :

* जीवन की दशा बदलनी है तो मन की दिशा बदलें, जीवन को अखंड बनाना है तो समग्रता से जीएँ।
* पूर्णता यानी हर काम को मुकाम देकर अपने हर कर्म, हर व्यवहार को योग्य दिशा देना।
* जीवन की क्रियाओं में समझ का जुड़ना बाँध स्वरूप है।

- प्रेम, आनंद, मौन ही हमारा मूल स्वभाव है, प्रेम, आनंद, मौन ही हमारी पहचान है।
- जीवन की खूबसूरती, जीवन का समग्र व पूर्ण आनंद लेने में है।
- व्यवहार चुनाव की आज़ादी मिलना ही सही रूप से आज़ाद होना है।

वार्तालाप के पहले

लोक व्यवहार में मनन की आदत आपके बहुत काम आती है। कोई कार्य आपके दिमाग में स्पष्ट हो तो वह सामनेवाले को भी उसी स्पष्टता से समझ में आए, ऐसा ज़रूरी नहीं। वार्तालाप के पहले मनन करेंगे तो आपको पता चलेगा कि सामनेवाले को मुझे कौन-कौन सी गहराइयों के बारे में बताना है? कौन सी बाधाओं के बारे में पूर्व सूचित करना है? इस मनन के बाद जब आप सामनेवाले से बातचीत करेंगे तो अंत में उसे पूर्णता का एहसास होगा।

मनन करके आप जब पूरी जानकारी देने में सक्षम हो जाते हैं तो तनावपूर्ण परिस्थितियाँ आने की संभावना कम हो जाती है। बिना तनाव और द्वेष के जो कार्य होता है, वह उत्तम होता है। इसलिए लोक व्यवहार में दक्ष होने के लिए स्वयं में मनन की आदत ज़रूर डालें।

अध्याय दो
लोक व्यवहार का गुण
'समग्रता'

समग्रता यानी भाव, विचार, वाणी और क्रिया से अखंड होकर जीवन जीना, जो हर मानव जीवन का पहला लक्ष्य है।

जिस तरह समग्रता से खिला हुआ फूल लोगों के मन को लुभाता है, भौरों को आकर्षित करता है, वातावरण को खुशनुमा बनाता है, अपने आपमें पूर्णतः संतुष्ट होता है, ठीक उसी प्रकार पूरी तरह समग्रता से खिला और खुला हुआ इंसान भी लोगों के मन को आकर्षित करता है। ऐसा इंसान समाज में सम्मान पाता है, अपने आस-पास के वातावरण को अपने लोक व्यवहार से खुशनुमा बनाता है।

हर इंसान अधिक से अधिक उन्नति करना चाहता है, साथ ही साथ वह सुख, आनंद और संतुष्टि भी प्राप्त करना चाहता है। ये दोनों बातें एक साथ तभी संभव हैं, जब इंसान के कार्य में योग्य गति हो और उसका मन शांत हो। ऐसा होने के लिए मनुष्य का समग्रता से जीवन जीना आवश्यक है। समग्रता क्या है? आइए, इसे समझते हैं।

जीवन का पूर्ण सर्वेक्षण

हर इंसान अपने-अपने विचार अनुसार जीवन को परिभाषित करता

है। 'जहाँ जीव अर्थात प्राण है, वहाँ जीवन है।' प्राण के शरीर से निकलते ही हम कहते हैं– 'इस शरीर में जीवन नहीं रहा।' मूलतः जीवन की यही परिभाषा समझी गई है लेकिन यह गलत है।

जब कई लोगों से जिनमें दर्ज़ी, नाई, फिल्म डायरैक्टर, पति-पत्नी, कर्मचारी, कंजूस और बच्चे थे, जीवन के बारे में प्रश्न पूछा गया कि 'जीवन क्या है' तब उन लोगों ने जो जवाब दिए, वे इस प्रकार हैं।

१. **'जीवन लॉन्ग कट है'** यह एक दर्जी का जवाब था। आप जानते हैं कि दर्जी का काम ही होता है लंबे-लंबे कपड़े काटना। इसलिए उसके शब्दों में, उसकी विचारधारा अनुसार जीवन की परिभाषा प्रकाशित होती है, 'जीवन लॉन्ग कट है, सफर लंबा और परेशानीभरा है।' क्या यह सोच रखनेवाला दर्ज़ी कभी समग्रता से जीवन जी पाएगा?

२. **'जीवन शॉर्ट कट है'** यह एक नाई का जवाब था। नाई बाल काटकर उन्हें छोटा यानी शॉर्ट करता है। इसलिए उसके जवाब में उसका कार्य झलकता है। क्या छोटी सोच रखनेवाला यह नाई कभी समग्रता से खिल-खुल पाएगा?

३. **'जीवन कट ही कट है'** यह एक फिल्म डायरैक्टर का जवाब था। 'जीवन कट ही कट है, हर शॉट (Shot) कट है, बड़ी परेशानी है।' एक निर्देशक फिल्म के दृश्य को अलग-अलग जगहों से कट करता रहता है। इसलिए वह बार-बार वही काम करके परेशान हो सकता है। क्या यह फिल्म डायरैक्टर कभी समग्रता से जीवन जी पाएगा?

४. **'जीवन किट-किट है'** यह एक दंपति का जवाब था। परिवार में रोज़ के वाद-विवाद से परेशान दंपति का यही जवाब होगा। इनके लिए जीवन किट-किट के अलावा और कुछ नहीं। क्या ये पति-पत्नी कभी आपस में पूर्णता कर पाएँगे?

सरश्री

५. **'जीवन काट-कूट कर कटौती है'** यह एक कंजूस का जवाब था। कंजूस सिकुड़कर जीता है। वह हर चीज़ को काटकर पैसा जमा करता है। काट-कूट और कटौती करके वह अपनी लालच पूरी करता है। क्या यह कंजूस कभी समग्रता से खुल पाएगा?

६. **'जीवन कल-कल है'** यह एक कारखाने के कर्मचारी का जवाब था। मशीनों की सदा कल-कल सुननेवाला और गुज़रे हुए कल तथा आनेवाले कल की चिंता में रहनेवाला क्या जवाब दे सकता है! क्या कल-कल में अकल खोनेवाला समग्रता से हँस पाएगा?

७. **'जीवन किट-कैट है'** यह एक बच्चे का जवाब था। किट-कैट एक चॉकलेट का नाम है। बच्चा अपनी मस्ती और अनुभव में जीता है। वह अपने जीवन को पूरी समग्रता से जीता है इसलिए वह सदा आनंद में रहता है। क्या यह बच्चा बड़ा होने पर भी इस आनंद को बरकरार रख पाएगा?

जीवन के बारे में भिन्न-भिन्न लोगों की परिभाषा अलग-अलग है। आपका जवाब क्या है? एक बच्चे के उत्तर और एक कंजूस के उत्तर में बहुत फर्क है। 'खुलना' एक कंजूस के लिए मृत्यु बराबर है और यही खुलना-खिलना एक बच्चे के लिए प्रयोग है, अभिव्यक्ति है, आनंद है।

वास्तव में जब आप समग्रता से खिलते हैं, खुलते हैं तब आपको सच्चे आनंद और आत्मसंतुष्टि की प्राप्ति होती है। कंजूस केवल पैसे में ही नहीं बल्कि हर चीज़ में कंजूसी करता है। अगर उसे अच्छा चुटकुला भी सुनाया जाए तो वह ठहाके मारकर उसी वक्त नहीं हँसता बल्कि कम और किश्तों में हँसता है। जबकि बच्चा किसी भी छोटी-मज़ेदार बात पर उसी वक्त खिल-खिलाकर, ठहाके लगाते हुए हँस सकता है।

आप भी बच्चे की तरह समग्रता को अपने जीवन में अपनाएँ। बच्चा सुबह से लेकर रात तक न जाने कितने प्रयोग करता रहता है। बचपन में आप भी अनेक प्रयोग किया करते थे मगर जैसे-जैसे आप बड़े होते गए,

आपने नए प्रयोग करने बंद कर दिए। अब फिर से प्रयोग करने का समय आया है। नए प्रयोग करने से, नए तरीके से व्यवहार करने से आपको सच्चे आनंद मिलेगा।

लक्ष्य है समग्रता से खिलना, खुलना और खेलना यानी जो आपकी समग्र संभावना है उसे खोलना। इंसान जब ईश्वर की लीला में खेलेगा, खुलेगा और पूर्ण खिलेगा तभी उसका पृथ्वी पर आने का असली लक्ष्य पूर्ण होगा। तब वह समग्रता से जीकर सारे संसार के लिए निमित्त बनेगा। हर एक इंसान को उसी रास्ते पर चलाने के लिए, जिस रास्ते पर चलकर उसने अपना लक्ष्य पाया, वह कारण बनेगा।

बगीचे का हर फूल पूर्ण रूप से खिलना चाहता है। यह दूसरी बात है कि पूरा खिलने से पहले कुछ फूलों को लोगों द्वारा तोड़ दिया जाता है, कुछ फूल तूफानों में नष्ट हो जाते हैं, कुछ फूल कीड़े और रोग लग जाने की वजह से खराब हो जाते हैं मगर हर फूल का लक्ष्य था कि वह समग्रता से खिले और अपनी सुगंध हवाओं के माध्यम से सभी तक पहुँचाए।

समग्रता से अखंड यानी भाव, विचार, वाणी और क्रिया से एक होकर जीवन जीना, यह मानव जीवन का पहला पृथ्वी लक्ष्य है। इस लक्ष्य को प्राप्त करने के लिए हम देखें कि हमारे परिवेश में ऐसी कौन सी व्यवस्था है, जिसका फायदा लेकर हम इसे जल्द से जल्द प्राप्त कर सकते हैं। अगर हमें यह लक्ष्य पूरी तरह से स्पष्ट हो गया तो हम सही लोक व्यवहार कर पाएँगे।

पहले स्वयं पर कार्य हो

हर एक को समग्रता से खिलना है, खुलना है, वह जो कर सकता है, उसे करना है। कोई दूसरा अपने लिए क्या कर सकता है, यह आपको तब तक नहीं सोचना है, जब तक आप जीवन के सागर में तैरना नहीं सीख जाते। प्रकृति में चमेली का फूल, जूही के फूल के बारे में यह नहीं सोचता है कि 'मैं जूही का फूल क्यों नहीं हूँ?' अतः आप क्या बन सकते हैं और

कैसे जीवन के सागर में तैरना सीख सकते हैं, इस पर सोचना शुरू करें।

जीवन अनमोल है, उसका कोई मूल्य नहीं लगाया जा सकता। इसे एक कहानी द्वारा समझें। कहानियाँ समझाने के लिए होती हैं। असलियत में कहानियों के पीछे हमें गहरी समझ मिलती है, जो हमें जीवनभर याद रहती है।

एक बार सिकंदर एक रेगिस्तान में भटक गए थे और उन्हें पानी की सख्त प्यास लगी थी। कई घंटों के बाद वहाँ एक साधु आया, जिसके पास एक लोटा पानी था। जब सिकंदर ने उससे पानी माँगा तब साधु ने सिकंदर से कहा कि 'इस पानी के बदले तुम मुझे क्या दे सकते हो?' सिकंदर ने कहा, 'मैं तुम्हें इसके बदले बहुत कुछ दे सकता हूँ।' साधु ने फिर से सिकंदर से सवाल किया कि 'बहुत कुछ के अलावा मुझे और बहुत कुछ चाहिए तो क्या तुम मुझे वह दे सकते हो?' सिकंदर तुरंत मान गया। साधु ने सिकंदर से कहा, 'तुम्हारे पास जो कुछ भी है वह सब मुझे देना पड़ेगा तो ही मैं यह पानी भरा लोटा तुम्हें दे सकता हूँ, क्या तुम तैयार हो? सिकंदर ने अपनी हार मान ली और कहा, 'हाँ, मैं सब कुछ देने को तैयार हूँ।' फिर साधु ने अपने अजीब व्यवहार का रहस्य खोला, 'इसका अर्थ तुम्हारे पास जो कुछ भी है, वह इस लोटे में भरे पानी के मूल्य जितना ही है, इससे ज़्यादा नहीं है। जीवन के मुकाबले में तुम्हारी धन-दौलत, राजपाट कुछ नहीं है!' इस जवाब ने सिकंदर को जीवन का मूल्य बता दिया।

इस कहानी से हम क्या समझें? जीवन अनमोल है, उसके लिए सब कुछ दिया जा सकता है लेकिन पृथ्वी पर जीवन से ही शुरुआत हुई है तो उसका मूल्य कैसे लगाया जा सकता है! जीवन वह तराज़ू है, जिससे हर चीज़ को तौला जा सकता है। जिस तराज़ू से आप सब कुछ तौलते

हैं, उसे कैसे तौला जा सकता है? कोई आपसे सवाल पूछता है कि 'इस जीवन के तराजू का वजन कितना?' तो आप इस तराजू को कैसे तौलेंगे? अर्थात जीवन को जीवन से कैसे तौलेंगे?

हर चीज़ को तौलने का जीवन ही माध्यम है। जब भी हम किसी इंसान की आत्मकथा पढ़ते हैं तब हम उस कथा में उसका जीवन ही देखते हैं। वह जीवन बताता है कि जिस शरीर में वह था, उस शरीर की कीमत क्या है। यह जीवन ही तय करता है कि उस इंसान का पृथ्वी पर आने का लक्ष्य पूरा हुआ या नहीं।

चेतना के उच्चतम स्तर से देखेंगे तो आपको पता चलेगा कि जीवन का लक्ष्य 'जीवन' ही है क्योंकि जीवन ही चैतन्य है, ज़िंदा है, शिव है। जैसे रेडियो में लगी बैट्री रेडियो के लिए जीवन है, वैसे ही इंसान के अंदर ज़िंदा होने का एहसास जीवन है। इस जीवन का स्वयं अनुभव करके जीवन का लक्ष्य पूर्ण हो सकता है। शब्दों में यह लक्ष्य समझना कठिन है इसलिए लोगों को पहले यह बताया जाता है कि 'जीवन का लक्ष्य है डॉक्टर, इंजीनियर, वैज्ञानिक, वकील, कलाकार, उद्योगपति, लेखक इत्यादि बनना यानी जीवन का लक्ष्य है अपने व्यवसाय में कामयाब होना।' इसी लक्ष्य की सफाई देते हुए लोगों को बताया जाता है कि 'अगर आपको कारपेंटर बनना है तो अच्छे कारपेंटर बनें, कामयाब कारपेंटर बनें। डॉक्टर बनना है तो अच्छे डॉक्टर बनें, बीमारियों से संबंधित पूरा ज्ञान इकट्ठा करें।' शुरुआत में ऐसे जवाब सही होते हैं, जो जीवन की यात्रा शुरू करने में इंसान की मदद करते हैं। लेकिन आगे उच्च जवाब उनके लिए आते हैं, जो जीवन का असली लक्ष्य जानना चाहते हैं। जीवन का असली लक्ष्य है 'जीवन- जीवन को जाने, जीवन- जीवन की अभिव्यक्ति करे, जीवन- जीवन के गुणों को प्रकट करे, जीवन- सही लोक व्यवहार सीखकर प्रतिसाद दे और आज़ादी का उत्सव मनाए।'

जब हम जीवन का सही अर्थ जानेंगे तब जीवन होने की कला हमें

समझ में आएगी। हम सोचते हैं कि हमें जीवन जीने की कला सीखनी चाहिए लेकिन हमें जीने की कला के साथ-साथ मृत्यु का महासत्य भी जानना चाहिए। जीवन और मृत्यु का संपूर्ण ज्ञान हमें जीवन ही बना देता है। उसके बाद आप अपने आपको शरीर नहीं मानेंगे। अब तक हम जीवन को छोड़कर, शरीर ही बनकर जी रहे थे लेकिन अब हम स्वयं को (जीवन) जानकर लोक व्यवहार कुशलता सहज ही प्राप्त करेंगे।

इसी लक्ष्य को पाने के लिए समग्रता से जीना आवश्यक है। समग्रता का अर्थ है, पूर्णता से जीना। समग्र जीवन हर इंसान का पहला लक्ष्य होना चाहिए। समग्रता से जीवन जीने के लिए हमें जीवन जीने के तरीके (प्रतिसाद) समझ लेने चाहिए। हमारा हर व्यवहार कुशलतापूर्वक होना चाहिए। हमारा लक्ष्य, हमारे व्यवहार के चुनाव द्वारा प्रकट होना चाहिए। हमें रिश्तों में पूर्णता करने की कला जल्द से जल्द सीख लेनी चाहिए। उसके बाद शुरू होगा लोक व्यवहार का विस्तार।

आपका मनन प्रतिसाद :

* सच्चे आनंद की प्राप्ति और उसी आनंद की अभिव्यक्ति ही जीवन का लक्ष्य है।

* समग्रता से अखंड यानी भाव, विचार, वाणी और क्रिया से एक होकर जीवन जीना मानव जीवन का पहला लक्ष्य है।

* जीवन अनमोल है, उसका कोई मूल्य नहीं लगाया जा सकता।

* जीवन को जीवन से कैसे तौलेंगे? क्योंकि जीवन से ही सब कुछ तौला जाता है।

* चेतना के उच्च स्तर से देखेंगे तो पता चलेगा कि जीवन का लक्ष्य 'जीवन' ही है क्योंकि जीवन ही चैतन्य है।

* इंसान जब ईश्वर की लीला में खेलेगा, खुलेगा और पूर्ण खिलेगा तभी उसका पृथ्वी पर आने का लक्ष्य पूर्ण होगा।

दृष्टिकोण की समझ

जब दृष्टिकोण व्यक्तिगत होता है तो इंसान केवल अपनी समस्या समझकर उसे सुलझाता है। जिससे उसके अंदर नकारात्मक भावनाएँ और तनाव जगता है। ऐसे में कई बार समस्या सुलझने के बजाय और उलझ जाती है। निस्वार्थ दृष्टिकोण रखने से आप समस्या को स्वीकार कर पाते हैं, फिर खुलकर उस पर काम कर पाते हैं। इस तरह आप समस्या को जल्दी सुलझा पाएँगे और आपको आनंद भी आएगा।

कई लोग ऐसे हैं जिन्होंने अपनी या अपने परिवार के किसी सदस्य की बीमारी को निस्वार्थ दृष्टिकोण से देखा। ऐसे लोग आज अलग-अलग तरीकों से रोगियों की सेवा में जुटे हुए हैं। जिससे उन्हें असीम आनंद का तोहफा मिल रहा है।

अध्याय तीन

मित्रता और रिश्ते निभाने की शुरुआत
रिश्तों में उसूल और परस्पर समझ

हर मित्र को सही तरीके से निमित्त बनाएँ,
हर रिश्ते में नई रोशनी की किरण जगाएँ।
परिवार में विश्वास और दोस्ती में उसूल बनाएँ।

दोस्ती का रिश्ता ही एक ऐसा चुनाव है, जिसकी आज़ादी और खूबसूरती बाकी रिश्तों में नहीं मिलती। इसलिए दोस्तों का चुनाव सदा विवेक से करें। विवेक से किया गया चुनाव और लोक व्यवहार जीवन में संतुष्टि लाता है।

दोस्ती में जब लालच, कामना आ जाती है तो वह गरीब हो जाती है। जो समृद्धि दोस्ती में आनी चाहिए, वह विवेकपूर्ण व्यवहार से ही आती है।

दोस्तों के या रिश्तों के सात प्रकार हैं। इन्हें समझें और योग्य व्यवहार चुनें, साथ ही मित्रों का सही चुनाव करें।

१. बॉल पेन फ्रेंड

बॉल पेन फ्रेंड ऐसे दोस्तों के प्रतीक हैं जो मनोरंजन में काम आते हैं। जो बॉल के साथ आपके पास आते हैं और हमेशा खेलकूद की बातें करते हैं। पढ़ाई के लिए बुलाओ तो नज़र नहीं आते।

२. इंक पेन फ्रेंड

इंक पेन फ्रेंड यानी जो आपको पेन यानी दुःख में काम आते हैं। ऐसे दोस्त आपके दुःख–दर्द के साथी होते हैं।

३. जेल पेन फ्रेंड

जेल पेन फ्रेंड यानी ऐसे दोस्त जो जेल की तरह चिपक जाते हैं। जेल शब्द का हिंदी अर्थ लिया जाए तो वह भी बंधन का ही प्रतीक है। ऐसे दोस्तों से सावधान रहें। उनकी सलाहों पर अमल करके आप बंधनों में फँस जाएँगे।

४. पेन्सिली पेन फ्रेंड

पेन्सिली पेन यानी जिस पेन में रीफिल की जगह पर पेन्सिल होती है। पेन्सिली पेन फ्रेंड आपको सिली मिस्टेक्स यानी छोटी गलतियों में मदद करते हैं। वे उन गलतियों में आपको सजग नहीं करते बल्कि आपकी मदद करके आपका नुकसान करते हैं।

५. फेक कलर पेन फ्रेंड

फेक कलर पेन यानी बाहर से अलग रंग की पेन दिखती है और अंदर से अलग रंग में लिखती है। ये ऐसे दोस्त होते हैं, जिनका असली रंग काम पड़ने पर दिखाई देता है। जब आप इन्हें कोई काम सौंपते हैं, तब आपको इनके असली रंग दिखाई देते हैं।

६. स्केच पेन फ्रेंड

स्केच पेन फ्रेंडस् आपके जीवन की स्केच में रंग भरते हैं। आपके जीवन की स्केच यानी ढाँचे में बहुत कुछ भरना है तो आपको मित्रों की आवश्यकता पड़ती है। जो आपके ढाँचे (लक्ष्य के नक्शे) को सँवारते हैं, वे हैं स्केच पेन फ्रेंडस्। इनका रंग अंदर और बाहर से एक जैसा होता है।

७. वाईटनर पेन विथ इरेज़र

वाइटनर पेन विथ इरेज़र यानी कल्याण मित्र। गुरु आपके कल्याण मित्र होते हैं। वाइटनर पेन विथ इरेज़र यानी जो गलतियाँ आप कर रहे हैं, उसे मिटा देते हैं। और जो निशान बच जाता है उस पर भी वाइटनर लग जाता है। आप पहले से ज़्यादा शुभ्र हो जाते हैं।

उपरोक्त दोस्तों में से आप किस श्रेणी में आते हैं, यह आपको देखना है। साथ ही उपरोक्त मित्रों में से आप किस तरह के मित्र का चुनाव करते हैं, यह भी सोचना है।

पुराने मित्रों का महत्त्व

कामना का उलटा शब्द है नाकाम। मित्रता में जब कामना जुड़ती है तो वह रिश्ता नाकाम हो जाता है। फिर दोस्ती शुद्ध नहीं रह जाती। जहाँ लोग सिर्फ पाने की इच्छा रखेंगे, कामना रखेंगे तो वहाँ दुःख ही आएगा।

अमेरिका में सर्वेक्षण किया गया। जिसमें देखा गया कि जिन लोगों के पुराने मित्र ज़्यादा हैं वे ज़्यादा खुश हैं। लोगों के मित्र तो बहुत होते हैं परंतु पुराने मित्र कम होते हैं। उनके दोस्त बन तो जाते हैं मगर लोक व्यवहार ज्ञान न होने की वजह से टिकते ही नहीं क्योंकि अनजाने में लोग अपनी वाणी से ऐसे शब्द बोल देते हैं, जिन पर बाद में उन्हें पछताना पड़ता है। लोक व्यवहार द्वारा सही प्रतिसाद देने का तरीका सीखकर अपने पुराने मित्रों से रिश्ता बनाए रखें।

आपको अपने स्वभाव और लोक व्यवहार पर काम करना होगा तब मित्र टिक पाएँगे।

अच्छे रिश्तों से बैटरी चार्ज हो जाती है। एक-दूसरे से लोगों को आदर और प्रेम मिलता है इसलिए रिश्ते हरेक पसंद करता है। मित्रता भी हरेक को पसंद होती है मगर सच्चा मित्र कौन है? इस पर ज़रूर मनन करें। सच्चा दोस्त वही है जो आपको प्यार दे मगर लाड़-प्यार न दे। दोस्ती सही तरीके से निभानी है तो लाड़-प्यार से हम दोस्तों का नुकसान न करें। स्वयं

की अच्छी इमेज बनाने के चक्कर में लोग अपने दोस्तों को लाड़-प्यार देते हैं। उस वक्त तो सब अच्छा लगता है मगर बाद में पता चलता है कि हमने सामनेवाले को गड्ढे में डाल दिया। ऐसी गलती के प्रति सजग रहें।

दोस्ती में उसूल बनाएँ

दोस्ती का पहला उसूल यही होना चाहिए कि उसूल पर टिकेंगे तो दोस्ती टिकेगी।

आप कॉलेज, स्कूल या ऑफिस जाते हैं तो वहाँ लोगों से मिलते हैं और कई तरह के दोस्त बनाते हैं। आप उसूलों पर टिके हैं तो आपकी दोस्ती टिकती है। लोगों ने उसूल बनाएँ ही नहीं होते इसलिए वे बिन पेंदे के लोटे की तरह इधर-उधर लुड़कते रहते हैं। कोई पूछता है, 'तुमने वह फिल्म देखी, पसंद आई क्या?', दूसरा कहता है, 'हाँ, बहुत पसंद आई।' फिर पहला इंसान कहता है, 'मुझे तो बिलकुल पसंद नहीं आई। बकवास फिल्म थी।' इस पर दूसरा इंसान कहता है, 'हाँ, मुझे भी ठीक-ठाक ही लगी। इतनी ज़्यादा पसंद नहीं आई।' इस तरह इंसान अपनी बात से तुरंत पलट जाता है।

लोग अपनी पसंद दूसरों को देखकर बदल देते हैं। पहले हॉटेल में जाकर खाना खाते थे, अब दूसरों की देखा देखी बर्गर खाते हैं। पहले पानी पीते थे, अब कोक पीते हैं। धीरे-धीरे फिर वही पसंद आने लगता है। इस तरह इंसान की अपनी पसंद खो जाती है।

अपने कपड़ों का चुनाव तक लोग खुद नहीं कर पाते। वे देखते हैं कि लोग क्या पहनना पसंद कर रहे हैं, वे वैसे ही कपड़े खरीदते हैं।

किसी ने व्यसन करने के लिए कह दिया तो वहाँ भी उसका उसूल नहीं होता इसलिए आसानी से फिसल जाता है।

जो लोग उसूलों पर जीते हैं, उनके मित्र भी आजीवन बने रहते हैं। क्योंकि वे मित्र उनके उसूलों से प्रभावित होते हैं। वे यह समझते हैं कि सामनेवाला इंसान विश्वसनीय है, इसके उसूल बदलते नहीं रहते हैं, इसे

पता है कि दोस्ती कैसे निभानी है।

परस्पर समझ रखें

लोगों की दोस्ती कभी जवान ही नहीं होती है। बचपने में ही रहती है। पचपन के हो जाने पर भी समझ बचपन की ही रहती है। दोस्ती जब बचपने से बड़ी होगी तो बूढ़ी नहीं होगी। यह दोस्ती की खूबसूरती है। इसलिए परस्पर समझ का होना बहुत ज़रूरी है। परस्पर समझ से ज़िम्मेदारी बढ़ती है क्योंकि उसमें हमें खुद भी दोस्त बनना पड़ता है। केवल सामनेवाला दोस्ती निभाए, ऐसा नहीं होता। परस्पर समझ में ज़िम्मेदारी आप पर भी आती है।

ऐसी दोस्ती से अंतर्मन की आखरी परत तक खुलने में मदद मिलती है। इंसान स्वयं अपने भीतर नहीं झाँक पाता। सच्चा मित्र इस काम में ईमानदारी के साथ उसकी मदद कर पाता है।

इंसान जब पूरा खिल-खुल जाता है तब उसका पृथ्वी पर आने का उद्देश्य पूरा होता है। सच्चे मित्र इसमें एक-दूसरे की मदद कर सकते हैं। यही मित्रता का असली उद्देश्य है।

आपका मनन प्रतिसाद :

* दोस्ती का रिश्ता ही एक ऐसा चुनाव है, जिसकी आज़ादी और खूबसूरती बाकी रिश्तों में नहीं मिलती। इसलिए दोस्तों का चुनाव सदा विवेक से करें।

* सच्चा दोस्त वही है जो आपको प्यार दे मगर लाड़-प्यार न दे।

* जो लोग उसूलों पर जीते हैं, उनके मित्र भी आजीवन बने रहते हैं। क्योंकि वे मित्र उनके उसूलों से प्रभावित होते हैं।

* परस्पर समझ से ज़िम्मेदारी बढ़ती है क्योंकि उसमें हमें खुद भी दोस्त बनना पड़ता है।

आपके तीन फायदे

आपने लोगों के बारे में जो-जो अच्छी बातें जानी हैं, उन्हें एक जगह लिखकर रखें ताकि लोक व्यवहार करते वक्त आपको सदा लोगों की अच्छी बातें याद रहें। ये लिखी गईं बातें महीने में एक बार ज़रूर पढ़ें।

इस तरह आपका ध्यान सदा लोगों के गुणों पर रहेगा। कुदरत का नियम है कि 'जिस चीज़ पर आप ध्यान देते हैं, वह आपके जीवन में बढ़ती है', इसलिए सदा लोगों के गुणों पर ध्यान केंद्रित करें।

ऐसा करने से आपको तीन फायदे होंगे,

१. वे अच्छे गुण आपमें भी आने लगेंगे।

२. आपके लोक व्यवहार में सहजता व मधुरता आने लगेगी।

३. आपमें लेखन की आदत विकसित होने लगेगी, जो कि आपकी सफलता में मददगार साबित होगी।

अध्याय चार

लोक व्यवहार की आज़ादी कैसे मिले
सबसे बड़ी आज़ादी

जिस प्रकार खेती सूख जाने के बाद वर्षा का फायदा नहीं,
उसी प्रकार समय बीत जाने के बाद पछताने से भी कोई फायदा नहीं।
अतः समय रहते ही आपको ज़िंदगी रूपी ताजमहल देखना है।

लोक व्यवहार की कला सीखने के लिए, पहले अपनी क्रियाओं और प्रतिसादों को समझना आवश्यक है। जब हम अपनी क्रियाओं को जागृत रहते हुए सही दिशा दे पाएँगे तब हमें प्रतिसाद चुनाव की आज़ादी मिलेगी। सबसे बड़ी आज़ादी है, प्रतिसाद चुनाव की आज़ादी। प्रतिसाद का अर्थ है प्रतिक्रिया, रिस्पॉन्स, प्रति उत्तर। प्रतिसाद चुनने की आज़ादी इंसान गँवा बैठा है इसलिए वह कमज़ोर हो गया है। लोग आज़ादी का अर्थ यह समझते हैं कि जब चाहे '**आ**', जब चाहे '**जा**'। अगर उनके मन मुताबिक आने-जाने की आज्ञा उन्हें '**दी**' जाए तो 'आ-ज़ा-दी' वरना उन्हें हर चुनौती गुलामी लगती है। आज़ादी का यह अर्थ गलत है।

सोचकर देखें कि यदि ट्रेन का इंजन यह कहे कि 'मुझे पटरी पर ही क्यों चलने दिया जाता है? मुझे भी आज़ादी होनी चाहिए ताकि मैं जहाँ चाहूँ वहाँ जा सकूँ' तो आप जानते हैं कि इंजन का ऐसा चाहना उसके लिए और दूसरों के लिए भी मुसीबत साबित हो सकता है। ऐसी आज़ादी आपको गड्ढे में ही ले जाएगी। ऐसी आज़ादी की चाहत न रखने में ही समझदारी है।

ज़िम्मेदारी लें, आज़ादी पाएँ

इस तरह आज़ाद हों कि आप ज़्यादा से ज़्यादा ज़िम्मेदारियाँ ले पाएँ तभी आपको समझ में आएगा कि आज़ादी और ज़िम्मेदारी दोनों अलग-अलग नहीं हैं, दोनों एक ही सिक्के के दो पहलू हैं। ज़िम्मेदारी आपकी ही अभिव्यक्ति के लिए है। बंधन अभिव्यक्ति को प्रकट करने के लिए ही बनाया गया है। अगर उचित बंधन न होता तो आप अभिव्यक्ति नहीं कर पाते।

उदाहरण के तौर पर, अगर आप माईक के सामने बात कर रहे हैं तो अपना चेहरा घुमा नहीं सकते। माईक के सामने बात करना आपके लिए बंधन हो गया। आपने चेहरा घुमा दिया तो माईक से आवाज़ नहीं आएगी और आप अपनी बात लोगों के सामने नहीं रख पाएँगे यानी आपकी अभिव्यक्ति बंद हो जाएगी। देखा जाए तो यह बंधन आपको खिलने, खुलने का मौका देता है तो यह बंधन आपके लिए आनंद का कारण होना चाहिए।

इसी तरह इंसान पर शरीर का बंधन है। इंसान शरीर नहीं, शरीर को इस्तेमाल करनेवाला अनुभव है। अनुभव पर जब शरीर का बंधन आया तो इससे उसे दुःख नहीं आया बल्कि प्रेम, आनंद, मौन मिला। 'मैं कौन हूँ?', यह बात भूल जाने की वजह से इंसान अपने आपको गुलाम महसूस करता है। अगर वह असली सत्य जान जाए तो यही शरीर जिसे वह बंधन समझता था, उसके लिए आज़ादी को अभिव्यक्त करने का मौका बनेगा। यदि उसे यह बात याद नहीं है तो वह ज़िंदगीभर यह सोचकर रोता रहेगा कि

काश! मुझे इस-इस तरह का सुंदर शरीर मिला होता तो मैंने फिल्म उद्योग में धूम मचाई होती...

काश! मैं अमेरीका में अमीर घर में पैदा हुआ होता तो मैंने बड़े-बड़े कारनामे कर दिखाए होते...

काश! मुझे पुरुष का शरीर मिला होता तो मैंने पुरुषार्थ से

नाम कमाया होता...

काश! ईश्वर ने मुझे स्त्री नहीं बनाया होता तो मैंने महावीर का खिताब पाया होता ...

काश! मेरी पहचान बड़े लोगों से होती तो मैंने ऊँचा पद प्राप्त किया होता...

काश! मुझे ऊँचा पद मिला होता तो मैंने दुनिया बदलकर रख दी होती...

आज ऐसी अनेक इच्छाओं की वजह से इंसान बहाने बनाकर, सिकुड़कर जी रहा है। बहानों में बहकर इंसान अपनी आज़ादी खो रहा है।

जब आप आज़ादी का असली अर्थ समझेंगे तब जानेंगे कि असली और सबसे बड़ी आज़ादी तब है, जब आपको व्यवहार चुनने की आज़ादी है। 'आप लोगों से किस तरह का व्यवहार करें?' यह चुनाव आप स्वयं कर पाएँ- इसी को 'अपने व्यवहार के चुनाव की आज़ादी' कहा गया है। अगर यह आज़ादी आपको मिल गई तो आप वाकई आज़ाद हुए वरना आप कुछ और करना चाहते हैं मगर अगर मन कुछ और कहता है तो आप सही चुनाव नहीं कर पाएँगे और सही प्रतिसाद नहीं दे पाएँगे। आपने मन के गुलाम लोगों को कहते हुए सुना होगा कि

'मैं तो सुबह जल्दी उठना चाहता था मगर चाहते हुए भी मैं उठ ही नहीं पाया।'

'मैं तो सही व्यवहार करना चाहता था, फिर भी गुस्सा आने की वजह से नहीं कर पाया।'

'मैं तो सामनेवाले का दिल दुखाना नहीं चाहता था लेकिन मैं नाकाम रहा।'

'मैं आज उपवास रखना चाहता था लेकिन भूख बरदाश्त नहीं कर पाया।'

'मैं तो गुस्सा नहीं करना चाहता था लेकिन बीमारी की वजह से गुस्से पर नियंत्रण नहीं रख पाया।'

'मैं तो सामनेवाले से प्रेम से बात करना चाहता था लेकिन वह नाराज़ हो गया इसलिए मैंने भी उससे बात ही नहीं की।'

'मैं तो आज ही काम खत्म करना चाहता था लेकिन थकावट की वजह से नहीं कर पाया।'

'मैं तो मिठाई कल खानेवाला था लेकिन अपने आपको रोक नहीं पाया और आज ही मिठाई खा ली।'

'मैं तो तुरंत बाज़ार जानेवाला था लेकिन सुस्ती की वजह से देर से बाज़ार गया और दुकान बंद हो गई।'

'मैं तो दुःख में भी हँसना चाहता था लेकिन आँसू आ गए।'

'मैं तो टी.वी. बंद करना चाहता था लेकिन न जाने कैसे घंटों टी.वी. के सामने बैठा रहा।'

'मैंने तो केवल दो मिनट ई-मेल चेक करने के लिए इंटरनेट चालू किया था, न जाने कैसे इतना समय बीत गया।'

'मैंने तो दोस्त को मैसेज करने के लिए मोबाईल उठाया था, पता नहीं कैसे इतना समय मोबाईल में चला गया।'

'मैं तो कंप्यूटर पर केवल दस मिनट के लिए वीडियो गेम खेलना चाहता था लेकिन एक घंटा कैसे बीत गया यह मुझे पता ही नहीं चला।'

विद्यार्थी चाहता है कि मैं बहुत पढ़ाई करूँ मगर वह पढ़ाई पूरी नहीं कर पाता। बिज़नैस मैन कहता है, 'मैं इस-इस तरह का बिज़नैस बढ़ाऊँ' मगर वह बिज़नैस नहीं बढ़ा पाता क्योंकि उसमें तमोगुण और सुस्ती है। अतः वह सही प्रतिसाद का चुनाव नहीं कर पाया इसलिए वह गुलाम है, अभी आज़ाद नहीं हुआ है।

सुबह आपकी आँखें खुलीं और आपके मन में विचार आया कि 'अरे वाह! आज तो जल्दी उठ गए। अब काफी सारे अधूरे काम पूरे हो जाएँगे।' मगर फिर एक और आवाज़ आई, 'पाँच मिनट और सो लेते हैं। वैसे भी इतना जल्दी उठकर क्या करेंगे।' और आपकी आज़ादी छिन गई, आप नहीं उठ पाए। इसका अर्थ आप मन के गुलाम बन गए, आप अपना सही प्रतिसाद नहीं दे पाए।

व्यवहार चुनाव की आज़ादी सबसे बड़ी आज़ादी है। यह आज़ादी अगर आप पा लेते हैं तो आप सही मायनों में आज़ाद हो जाएँगे। ऐसा न सोचें कि जब घटना होगी तब हम सोचेंगे कि हम आज़ाद हुए हैं या नहीं। यह आज़ादी बहुत पहले ही प्राप्त हो जानी चाहिए। 'प्यास लगने पर कुआँ खोदेंगे', यह भाव अपने मन से निकाल दें। प्यास लगने से बहुत पहले अगर आपने कुआँ खोद लिया है तो फिर आपके लिए कभी अनुचित बंधन नहीं होगा, आप हमेशा आज़ाद रहेंगे।

प्रतिसाद चुनाव का यह ज्ञान आपके लिए प्रेरणा का स्रोत बनेगा और प्यास से पूर्व ही यह जानकारी आपसे कुआँ खुदवाएगी। अगर आपने आज ही कुआँ खोद लिया है यानी आज ही कार्य की पूर्व तैयारी कर ली तो बड़ी सहजता से आपके भविष्य का मार्ग प्रशस्त होगा। अगर आज ही आपकी यह तैयारी हो जाए तो आपका भविष्य उज्ज्वल और सफल होगा।

सफलता यानी 'आप जब जो प्रतिसाद देना चाहते थे, वह दे पाएँ।' यही है सबसे बड़ी आज़ादी, सबसे बड़ी सफलता।

आपका मनन प्रतिसाद :

* जब हम अपनी क्रियाओं को होशपूर्ण दिशा दे पाएँगे तब हमें असली आज़ादी मिलेगी।
* सबसे बड़ी आज़ादी है, अपने व्यवहार के चुनाव की आज़ादी।
* बंधन अभिव्यक्ति को प्रकट करने के लिए ही बनाया गया है।

अगर उचित बंधन न होता तो आप अभिव्यक्ति नहीं कर पाते।

- इंसान शरीर नहीं, शरीर को इस्तेमाल करनेवाला अनुभव है।

- बहानों में बहकर इंसान अपनी आज़ादी खो रहा है।

- 'आप लोगों से किस तरह का व्यवहार कर रहे हैं?' यह चुनाव आप कर पाएँ- इसी को 'व्यवहार के चुनाव की आज़ादी' कहा गया है।

- आपने आज ही कार्य की पूर्व तैयारी कर ली है तो बड़ी सहजता से आपके भविष्य का मार्ग प्रशस्त होगा।

- यदि आप अपना प्रतिसाद (कर्म) चुन पाते हैं तो ही आप आज़ाद हैं वरना न चाहते हुए भी आप वे ही काम कर रहे हैं, जो आपका मन आपसे करवा रहा है।

दुनिया की सबसे महत्वपूर्ण बात

जब भी कोई आपसे बात करे तो उसे अच्छी तरह सुनें। उसे इस तरह सुनें कि वह दुनिया की सबसे महत्वपूर्ण बात बता रहा है। उसे बीच में न टोकें। कई लोग सामनेवाले की बात पूरी सुने बिना ही अनुमान लगा लेते हैं। कई बार वे सामनेवाले की बात काटकर अपनी बात बोल देते हैं। इस तरह न वे सामनेवाले की बात सुन पाते हैं, न ही सामनेवाला उनकी बात समझ पाता है। इसलिए ज़रूरी है कि पहले आप सामनेवाले को बोलने का पूरा मौका दें। लोक व्यवहार का यह महत्वपूर्ण नियम है।

सामनेवाले की बात सुनने से, उसे स्वयं में आत्मविश्वास महसूस होगा। साथ ही उसे पूर्णता का एहसास होगा। फिर जब उसकी सुनने की बारी आएगी तब वह आपको भी ध्यान से सुनेगा। इस तरह आपकी भी ऊर्जा बढ़ेगी और आप अच्छे ग्रहण करनेवाले और अच्छे दोस्त बनेंगे।

अध्याय पाँच

व्यवहार चुनाव आज़ादी का क्षेत्र
अंतराल का राज़

भावनाओं की योग्य समझ न होने के कारण
कुछ नौजवान अपने मित्रों की समस्याएँ सुलझाते-सुलझाते
खुद ही उनमें उलझ जाते हैं।

असली आज़ादी हमें कहाँ मिल सकती है? व्यवहार चुनाव आज़ादी क्षेत्र क्या है? ऐसी कौन सी जगह है, जहाँ खड़े होकर हम सही व्यवहार का चुनाव कर सकते हैं?

वह स्थान आपके अंदर यानी आपका हृदय स्थान (तेजस्थान) ही है। अगर आपने हृदय पर रहकर निर्णय लिया तो वह निर्णय आपको असली आज़ादी ही देगा। ऐसा निर्णय आपके लिए बंधन नहीं बनाएगा बल्कि वह आपको मोक्ष की तरफ ही ले जाएगा। अब तक आपने जो प्रतिसाद दिए हैं, वे आपको बंधन में ही बाँध रहे थे, आप पुरानी वृत्तियों यानी गलत संस्कारों में उलझते जा रहे थे। इसलिए आपके लिए यह जानना अत्यंत ज़रूरी है कि व्यवहार चुनाव आज़ादी क्षेत्र कहाँ पर होता है।

हर घटना में दो चीज़ें होती हैं, घटना क्रम और आपका व्यवहार। आपने कोई चीज़ देखी और देखते ही आपके मन में एक विचार उठा और आपने प्रतिक्रिया की तो यह है 'व्यवहार'। घटना होने और उस

घटना पर विचार उठने के बीच में एक क्षेत्र होता है, जिसे 'अंतराल' कहा जाता है। अंतराल यानी गैप, स्पेस या रिक्त स्थान। यही अंतराल वह आज़ादी क्षेत्र है, जहाँ से सही व्यवहार करने का निर्णय लिया जा सकता है। अगर इस जगह पर आप सजग हुए, आपने निश्चित किया, इस क्षेत्र में आपने काम किया या इसके बारे में जान गए तो जब भी प्रतिसाद देने का समय आएगा तब आप अपने आपसे पूछेंगे कि 'मैं कहाँ पर खड़े होकर प्रतिसाद दे रहा हूँ?' उस अंतराल से आप थोड़ा भी यहाँ-वहाँ हिले तो आपका व्यवहार, प्रतिकर्म (रिऍक्शन) हो जाता है और आप अपनी आज़ादी खो देते हैं। अगर आप हमेशा आज़ाद रहना चाहते हैं तो आपको व्यवहार चुनाव आज़ादी क्षेत्र में सजग होना होगा।

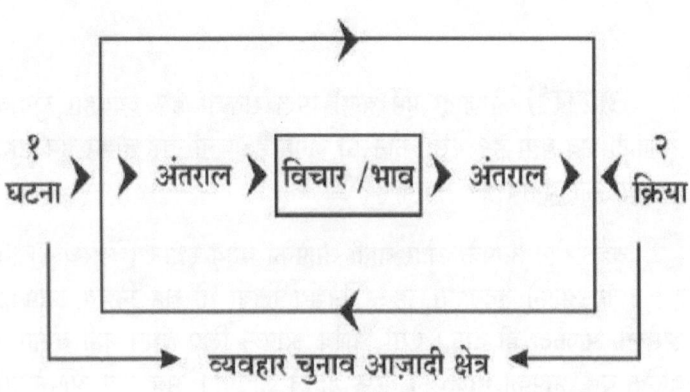

इस अंतराल में बहुत छोटा सा समय होता है। इस छोटे से अंतराल में आपको जागना होगा।

दो विचारों के बीच में अंतराल होता है, यदि इस अंतराल में आप जाग गए तो अगले विचार पर आपका बड़ा काम हो सकता है और आपमें आज़ादी के विचार शुरू हो सकते हैं। उस अंतराल में यदि

बेहोशी है तो आपका अगला विचार भी गलत क्रियाओं, इच्छाओं और मान्यताओं का होगा। किसी को यदि आज़ादी का विचार आया ही न होता तो आज भारत देश आज़ाद नहीं हुआ होता। कई लोगों को आज़ादी का विचार आया तो ही भारत देश आज़ाद हुआ। आंतरिक आज़ादी के लिए भी विचार (शुभ इच्छा) आना आवश्यक है।

आंतरिक आज़ादी पाने के लिए ही आप अंतराल को समझ रहे हैं और उसका सही इस्तेमाल करना सीख रहे हैं। दो साँसों के बीच में अंतराल होता है। साँस अंदर आई, फिर बाहर गई, बाहर जाने से पहले वह कुछ देर ठहर गई। जब साँस ठहरी तब वह क्षण कैसा था, जिसमें न साँस अंदर आ रही थी, न बाहर जा रही थी? उस क्षण कुछ भी नहीं था। वह क्षण शून्य (ब्लैंक) था।

फिल इन द ब्लैंक

स्कूल की परीक्षा में एक प्रश्न आता है 'फिल इन द ब्लैंक।' जिसमें विद्यार्थी ब्रैकेट में दिए गए जवाबों में से सही जवाब निकालकर ब्लैंक को भरते हैं। हर सही जवाब के उन्हें अंक मिलते हैं। उसी तरह जीवन में भी हर घटना और क्रिया के बीच में ब्लैंक होता है, जिसमें हमें सजगता से सही व्यवहार का चुनाव करना होता है। जब भी आपने उस ब्लैंक में बेहोशी भरी तब आप फेल हुए। जब आपने उस अंतराल, ब्लैंक को जाना तब आप पास (सफल) हुए।

जीवन के 'फिल इन द ब्लैंक' में क्या भरना है, यह आपको मालूम होना चाहिए वरना लोग उस स्थान में गलत व्यवहार भर देते हैं। असल में 'फिल इन द ब्लैंक' की जगह, फील इन द ब्लैंक (शून्य को महसूस करें) कहना चाहिए। फील इन द ब्लैंक यानी आप उस अंतराल (ब्लैंक) को महसूस करें यानी बीच में जो समय है उसमें 'पहले महसूस करें, फिर क्रिया करें' (Let us feel first and then act), उस एहसास को आप महसूस करेंगे तो आपके जीवन में नए व्यवहार का चमत्कार दिखाई दे सकता

है, आपके जीने का अंदाज़ बदल सकता है।

इस पुस्तक के आगे के भाग में अलग-अलग व्यवहार बताए गए हैं। जिसमें जीने का पहला तरीका क्या है, लोग कैसा प्रतिसाद देते हैं, वे किस तरह व्यवहार करते हैं, यह बताया गया है। आपका व्यवहार ही आपको बताता है कि आप कौन से तरीके से जी रहे हैं।

लोग अकसर तीन तरह के व्यवहार करते हैं। आपको रोज़ अलग-अलग तरह के लोग मिलेंगे, जो आपको अलग-अलग व्यवहार करते हुए दिखाई देंगे। उनका व्यवहार देखकर आप तुरंत जान जाएँगे कि इन तीन तरह के व्यवहारों के अनुसार सामनेवाला इंसान किस श्रेणी में आता है।

तीन श्रेणियों के लोगों को अपने हाथ की पहली तीन उंगलियों से जानें। छोटी उंगली कनिष्ठा, दूसरी उंगली अनामिका और तीसरी उंगली है मध्यमा। इन तीनों में से सामनेवाला इंसान किस श्रेणी में आता है, ये तीन तरीके कौन से हैं, इसे आगे के भाग में दिए गए उदाहरण से जानें। आप घटनाओं में किस प्रकार का व्यवहार करते हैं तथा पहले, दूसरे और तीसरे व्यवहार का क्या नतीजा आता है, अब यह जानना आवश्यक है।

आपका मनन प्रतिसाद :

- ❋ अगर आप हमेशा आज़ाद रहना चाहते हैं तो आपको व्यवहार चुनाव आज़ादी क्षेत्र में सजग होना होगा।

- ❋ अगर आपने हृदय स्थान पर रहकर निर्णय लिया तो वह निर्णय आपको असली आज़ादी देगा। ऐसा निर्णय आपके लिए बंधन नहीं बनाएगा बल्कि वह आपको मोक्ष की तरफ ही ले जाएगा।

- ❋ आंतरिक आज़ादी के लिए विचार आना, शुभ इच्छा जगना अति आवश्यक है।

* 'पहले महसूस करें, फिर क्रिया करें', (Let us feel first & then act)।'

* किसी को यदि आज़ादी का विचार आया ही न होता तो आज कोई भी आज़ाद नहीं हुआ होता। पहले अपने अंदर आंतरिक आज़ादी की शुभ इच्छा जगाएँ।

आत्मपरिवर्तन का बेहतरीन तरीका

लोगों द्वारा कहे गए नकारात्मक शब्दों को व्यक्तिगत रूप से न लें। उसे फीडबैक समझें और अपने आपमें योग्य परिवर्तन करें। यह नज़रिया अपनाने से आप दिन-ब-दिन कुशल बनते जाएँगे। स्वयं पर कार्य करके आप अपनी प्रगति सुनिश्चित करते हैं।

जब सामनेवाले के शब्दों को आप अच्छी तरह लेंगे तो उन्हें भी आप पर भरोसा आने लगेगा और आपका लोक व्यवहार अच्छा होता जाएगा।

आप दूसरों में सदा अच्छाई की तलाश कर सकते हैं। आप उस अच्छाई का उपयोग जो कितनी भी छोटी, भिन्न क्यों न हो, अपने दृष्टिकोण को सुधारने और आत्मपरिवर्तन पाने के लिए कर सकते हैं।

अध्याय छह

पुश-पुल व्यवहार रहस्य
पृथ्वी है एक ताजमहल

अगर आप हमेशा आज़ाद रहना चाहते हैं तो
आपको व्यवहार चुनाव आज़ादी क्षेत्र में सजग होना होगा।

हमारे जीवन से कुछ चीज़ें दूर होनी चाहिए और कुछ चीज़ें पास आनी चाहिए। इस ज़रूरत के खिलाफ, दूर जानेवाली चीज़ें जब पास आती हैं और पास रहनेवाली चीज़ें जब दूर जाती हैं, तब दुःख का निर्माण होता है। दूर और पास के विज्ञान को समझने के लिए नीचे दिए गए उदाहरण से दुःख दूर करें, आनंद पास करें।

कुछ लोग पिकनिक मनाने के लिए ताजमहल देखने गए। यह एक अलग तरह का निराला ताजमहल था। यह ताजमहल शीशे का बना हुआ था, उसकी सारी दीवारें शीशे की तरह पारदर्शी थीं। इससे आर-पार भी देखा जा सकता है। अंदर क्या चल रहा है, यह आप बाहर से झाँक सकते हैं। इस ताजमहल के दरवाज़ों को खोलने या बंद करने के लिए पुश या पुल करना पड़ता है। आपको समझना है कि ढकेलना (पुश, Push) और खींचने (पुल, Pull) का क्या अर्थ है।

पुश और पुल करने में कई बार लोगों से यह गलती हो जाती है कि जहाँ पुश करना यानी दरवाज़े को ढकेलना चाहिए, वहाँ वे पुल करते हैं

यानी दरवाज़े को अपनी तरफ खींचते हैं और जहाँ पुल करना (खींचना) चाहिए, वहाँ पुश करते (ढकेलते) हैं। आपने भी कई जगहों पर ऐसे दरवाज़े देखे होंगे और आपसे भी ऐसी गलती हुई होगी कि जहाँ पुश करना चाहिए, वहाँ पुल कर दिया होगा और जहाँ पुल करना चाहिए वहाँ पुश कर दिया होगा। आपकी इस क्रिया से आपको ज़्यादा तकलीफ नहीं हुई होगी क्योंकि आपने दरवाज़े को पुल करके देखा कि दरवाज़ा नहीं खुल रहा है तो आप पुश करते हैं मगर इस ताजमहल में ऐसा नहीं होता।

यह ताजमहल एक अजूबा है। इस ताजमहल में अगर आपने पुश की जगह पर पुल किया तो जहाँ आप खड़े हैं वहाँ एक गड्ढा बन जाता है और आप नीचे उस गड्ढे में गिर जाते हैं। फिर आगे बढ़ने के लिए आपको उस गड्ढे से बाहर आना पड़ता है। इसमें आपका बहुत सारा समय व्यर्थ जाता है। आप वहाँ पिकनिक के लिए गए हैं, आपके पास कम समय है और आपको पूरा ताजमहल भी देखना है परंतु पुश-पुल की गलती की वजह से आप बार-बार गड्ढे में गिर जाते हैं।

पुश और पुल की गलती न करें

पुश और पुल का असली अर्थ है कि इस जीवन रूपी ताजमहल में आपको जहाँ अग्र व्यवहार करना चाहिए, वहाँ आप नम्र व्यवहार करते हैं और जहाँ नम्र व्यवहार करना चाहिए, वहाँ आप अग्र व्यवहार करते हैं। जहाँ आपको सब्र व्यवहार करना चाहिए, वहाँ आप उग्र व्यवहार करते हैं। जहाँ आपको उग्र व्यवहार करना चाहिए, वहाँ आप सब्र व्यवहार करते हैं इसलिए सब गड़बड़ हो जाती है। इसका अर्थ आप पुश की जगह पर पुल और पुल की जगह पर पुश करते हैं।

अग्र, नम्र, सब्र, विप्र और उग्र व्यवहार क्या हैं, ये आपको आगे दिए गए तरीकों में समझ में आएगा।

जो इंसान पिकनिक के लिए गया था, वह बार-बार ताजमहल का दरवाज़ा खोलते वक्त 'पुश-पुल' की गलती करता है और गड्ढा खुल

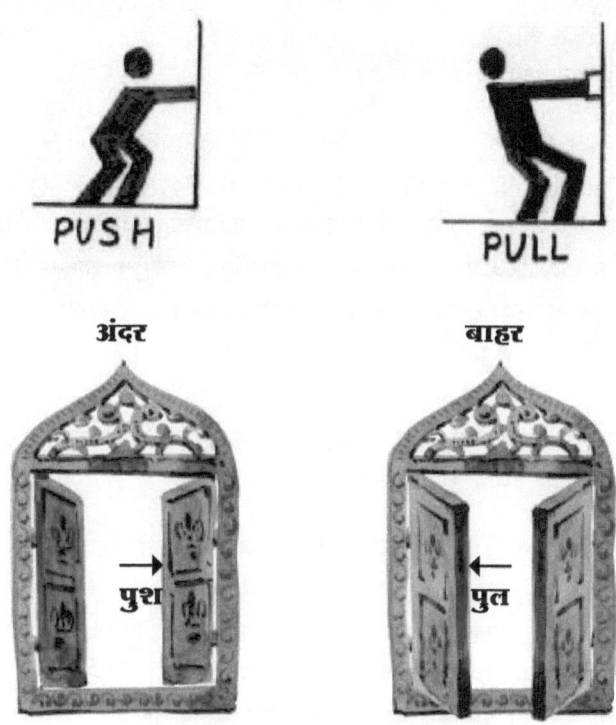

पृथ्वी रूपी ताजमहल के दरवाज़े

जाने की वजह से उसमें गिर जाता है। इस ताजमहल में अनेक दरवाज़े हैं। हर दरवाज़े के सामने गलती होने की वजह से बहुत सारा समय चला जाता है। यह ताजमहल आगरे के ताजमहल जैसा नहीं है, यह शीशे का ताजमहल है। यह ताजमहल दुनिया (पृथ्वी) का प्रतीक है। आप पृथ्वी रूपी ताजमहल देखने दुनिया में आए हैं और आपका एक-एक दिन मूल्यवान है। आपके पास कम समय है और आप बार-बार अपनी इस गलती की वजह से गड्ढे में गिर जाते हैं। लोक व्यवहार में नादानी होते ही आपका मन उसमें (ग्लानि में) उलझ जाता है और घंटों व्यर्थ गँवा देता है। कई बार आप गड्ढे से निकलने के बाद फिर से वही गलती

करते हैं और फिर उसी गड्ढे में गिर जाते हैं। लोक व्यवहार में लोग एक ही तरह का व्यवहार बार-बार करते हैं, यह जानते हुए भी कि उन्हें व्यवहार बदलकर देखना चाहिए।

आप एक ही दरवाज़े पर इतना समय लगाएँगे तो जीवन रूपी ताजमहल पूरा नहीं देख पाएँगे। इस जीवन में अंदर और भी बहुत से दरवाज़े हैं और हर दरवाज़े की बनावट (मेकॅनिजम) अलग है। इस ताजमहल के दरवाज़ों में ऐसा नहीं है कि एक दरवाज़ा पुश करने से खुलता है तो सभी दरवाज़े पुश करने से ही खुलेंगे। मगर इंसान से यही गलती हो जाती है कि उसने एक जगह पर पुश किया और दरवाज़ा खुल गया तो वह अगले दरवाज़ों पर भी पुश करता है और गड्ढे में गिर जाता है। व्यवहार करते वक्त आप हर इंसान से एक ही तरह का व्यवहार करते हैं, जबकि हर इंसान अलग तरह से सोचता है।

आप भले ही गलती करें मगर बार-बार एक ही गड्ढे में न गिरें यानी बार-बार वही गलती न दोहराएँ। गिरने के बाद तुरंत याद करें कि आपने कौन सी गलती की थी? दरवाज़े को पुश किया था या पुल किया था? क्योंकि पुश और पुल करते वक्त अगर आपका ध्यान कहीं और होगा तो आपको यह याद भी नहीं रहेगा कि आपने पुश (दूर) किया था या पुल (पास) किया था। आपकी इस असावधानी के कारण आपसे फिर से वही गलती होने की पूरी संभावना होती है। इंसान के हाथ को जो आदत पड़ जाती है, उसी आदत की वजह से वह फिर से वही व्यवहार करता है और गड्ढे में गिर जाता है। पुश और पुल का यह विज्ञान यदि आप ठीक से समझ गए तो फिर आप सजग होकर, पुरानी गलतियाँ करना बंद कर देंगे और पृथ्वी पर पिकनिक का पूर्ण लाभ ले पाएँगे।

आपका मनन प्रतिसाद :

✻ लोक व्यवहार को सीखते वक्त आप भले ही गलती करें मगर बार-बार एक ही गड्ढे में न गिरें यानी बार-बार वही गलती न दोहराएँ।

* अग्र (आगे), नम्र (नीचे), सब्र (रुककर), विप्र (उलटा) और उग्र (क्रोधित) व्यवहार क्या हैं, पहले उन्हें समझ लें।

* पुश और पुल का असली अर्थ – इस जीवन रूपी ताजमहल में आपको जहाँ जो व्यवहार करना चाहिए, वहाँ आप वैसा व्यवहार नहीं करते हैं।

* पृथ्वी रूपी ताजमहल की उपमा से आपने जाना कि आप ताजमहल (पृथ्वी) पर पिकनिक मनाने आए हैं और अपना असली लक्ष्य भूल जाने के कारण पुश (ढकेलने) की जगह पर पुल करते (खींचते) हैं और पुल की जगह पुश करते हैं।

* पुश और पुल का विज्ञान यदि आप ठीक से समझ गए तो फिर आप सजग होकर, पुरानी गलतियाँ करना बंद कर देंगे और पृथ्वी पर पिकनिक का पूर्ण लाभ ले पाएँगे।

* जहाँ जिस प्रतिसाद की आवश्यकता है, वहाँ वैसा प्रतिसाद दिया १) अग्र, उग्र २) नम्र, सब्र ३) विप्र या ४था) समग्र तो आप समग्रता में जी रहे हैं।

सच का सामना करना है आसान

रिश्तों में कभी भी अपनी गलतियाँ न छिपाएँ। चींटी से बचने के लिए चीते को आमंत्रित न करें। इसका अर्थ है कि एक झूठ को छिपाने के लिए अनेक झूठ बोलने पड़ते हैं। चींटी की वेदना से बचने के लिए हम सच बोलना टालते रहते हैं और झूठ बोलते चले जाते हैं। जिसका परिणाम बहुत बुरा और भयंकर रूप लेकर सामने आता है। यह परिणाम चीते समान होता है। ऐसी गलती न हो इसलिए चींटी और चीतेवाली बात सदा याद रखें।

बेहतर यह है कि अपनी गलती स्वीकार कर सच का सामना करें। हो सकता है कि सच सुनने के बाद सामनेवाला आपकी उपेक्षा करे, उसके लिए तैयार रहें। फिर आप देखेंगे कि सच बोलने के बाद आपको अंदर से बहुत हल्का महसूस हो रहा है। फिर आपको किसी बात की ग्लानि नहीं होगी और आप खुलकर लोक वार्तालाप कर पाएँगे। जब लोगों को यह समझ में आएगा कि आप अपनी गलती को बिना डरे स्वीकार करते हैं तो आपके लोक व्यवहार अच्छे व दृढ़ होते जाएँगे।

* पृथ्वी के ताजमहल में प्रतिसादों के प्रकार *

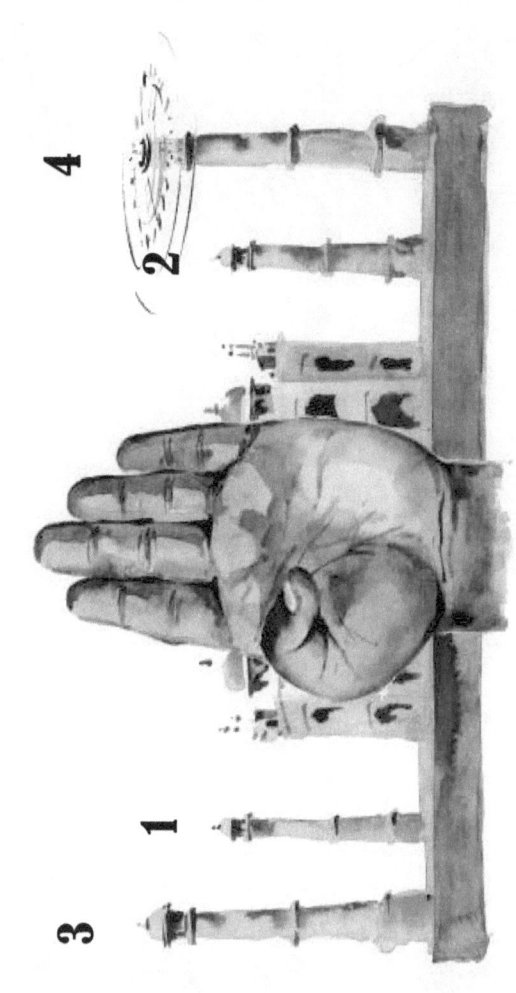

अग्र (आगे), नम्र (नीचे), सब्र (रुककर), विप्र (उलटा) और उग्र (क्रोधित) व्यवहार

अध्याय सात

व्यवहार कुशलता का पहला तरीका
अग्र-उग्र प्रतिसाद

सच्ची मित्रता निभानी है तो अपने मित्रों को आत्मनिर्भर बनने में
मदद करें। उन्हें अच्छी पुस्तक पढ़ने की प्रेरणा दें।
दोस्ती का वास्ता देकर उन्हें महान हस्तियों की
आत्मकथाएँ सुनने और पढ़ने की सलाह दें।

कुदरत ने आपको हर चीज़ दी है लेकिन बेहोशी में आप यह भूल गए हैं। बेहोशी में आप उसी तरह का व्यवहार करते हैं, जैसा आज तक करते आए हैं इसलिए आपको वही मिलता है, जो आज तक मिलता आया है। यदि आज तक आपका व्यवहार आपके लिए कर्म बंधन ही बनाता आया है तो आगे भी यह व्यवहार कर्म बंधन ही बनाएगा। बंधन तोड़ने के लिए व्यवहार करने के नए तरीके सीखें, पुराने व्यवहार को बदलें।

पहले तरीके के व्यवहार को पहले समझें। लोक व्यवहार में लोग जो पहला तरीका इस्तेमाल करते हैं वह है, अग्र-उग्र प्रतिसाद का। ये ऐसे लोग हैं जो पहल करते हैं, शुरुआत करते हैं, झट से अग्र प्रतिसाद देते हैं। हमारे हाथ की लंबी उँगली, मध्यमा इसी तरीके के व्यवहार का संकेत देती है।

ऐसे में कई बार अग्र प्रतिसाद उग्र हो जाता है और लोग उग्रवादी बन जाते हैं। जो लोग बिना सोचे-समझे जल्दी अग्र प्रतिसाद देते हैं,

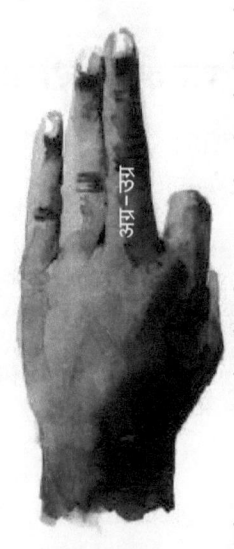

उनके साथ यह दिक्कत हो जाती है। फिर हर जगह पर वे वैसा ही व्यवहार करते हैं। जैसे लिफ्ट में उनसे पहले कोई और चढ़ गया तो वे उग्र हो जाते हैं, लड़ने को तैयार हो जाते हैं।

कुछ लोगों को तो हर जगह पर अग्रता से व्यवहार करने की आदत हो जाती है। जैसे किसी ने उनसे कुछ कह दिया तो वे तुरंत मुँहफट होकर उसका जवाब दे देते हैं।

किसी भिखारी से जब कहा गया कि 'भीख क्यों माँग रहे हो, कुछ काम क्यों नहीं करते?' तो उसने तुरंत कहा, 'मैंने पैसे माँगे हैं, सलाह नहीं।' इस तरह लोग तुरंत अग्र-उग्र प्रतिसाद देते हैं। ऐसे लोगों की कोई मदद करना चाहे तो भी नहीं कर पाता।

कभी भी अग्र प्रतिसाद देकर अपने अहंकार को पोषण न दें। इंसान अपने अहंकार को बढ़ाता रहता है इसलिए उसके हृदय में बदले की भावना बढ़ती रहती है। किसी के साथ कोई भी घटना हुई तो उसके मन में ऐसे विचार चलते ही रहते हैं कि 'उसे मुझे अकेले में मिलने दो, मैं उससे यह कहूँगा...वह कहूँगा...।' इस तरह इंसान जब तक सामनेवाले को उग्र जवाब नहीं देता तब तक उसके अहंकार को चैन नहीं मिलता। वह सामनेवाले को उलटा जवाब देकर ही थोड़े वक्त के लिए संतुष्टि महसूस करता है। अतः आपको अपने अहंकार को पोषण नहीं देना चाहिए। आप अहंकार को पोषण देंगे तो पूरा जीवन अंधेरे गड्ढों में ही बिताएँगे। फिर गड्ढे से बाहर निकलने में ही आपका सारा समय बीत जाएगा। जब तक आप बाहर निकलेंगे तब तक मृत्यु की घंटी बज जाएगी यानी जीवन रूपी ताजमहल को देखने का समय पूरा हो चुका होगा।

ऐसा होने पर इंसान कहता है कि 'मैं तो दरवाज़े के अंदर जा ही रहा था। मुझे ताजमहल के अंदर लोग घूमते-फिरते, हँसते-खेलते, खाते-पीते, गाना गाते, नृत्य करते... दिखाई दे रहे थे... मैं अंदर जाने ही वाला था कि मृत्यु आ गई।' परंतु आप सिर्फ गलत व्यवहार करने में ही खोए इसलिए आपको ताजमहल देखने का समय ही नहीं मिला और मृत्यु की घंटी बज गई। संसार से जाने का यानी कूच करने का समय आ गया। आप पूरा जीवन पुश की जगह पर पुल और पुल की जगह पर पुश करते रहे और उसी में अटके रहे, इससे आपको कभी आज़ादी नहीं मिली।

क्रोध में कभी अग्र व्यवहार न करें

जीवन में हमेशा याद रखें कि आपको कभी भी क्रोध में आकर अग्रता से व्यवहार नहीं करना चाहिए। क्रोध ऐसी चीज़ है, जिसमें अगर अग्र व्यवहार किया गया तो उसमें आपकी हार ही होती है। क्रोध करने पर यदि सामनेवाले ने आपकी बात मान भी ली तो भी आपकी हार है और यदि उसने आपकी बात नहीं मानी तो भी आपकी हार है। क्रोध में मन-मुताबिक जीत प्राप्त करके आप सोचेंगे कि क्रोध करके हमने सामनेवाले से अपनी बात मनवा ली अतः हम जीत गए लेकिन यह आपकी गलतफहमी है। ज़िस इंसान पर आप क्रोध करते हैं वह आपको हमेशा ध्यान में रखता है कि 'मौका मिलेगा तो इस इंसान को दिखा देंगे... अपना बदला ज़रूर लेंगे।'

आपके द्वारा क्रोध करने का जो कर्म हुआ वह बहुत जल्द ही आपके पास वापस आता है, वह इंसान मौका पाकर पुनः हमला करता है। वह मौका ढूँढ़ता रहता है, सिर्फ आपको पता नहीं चलता क्योंकि वह बाहर से तो दिखा नहीं सकता। बाहर से वह इंसान कमज़ोर है लेकिन वह सोचता रहता है कि कब इसे नीचे गिराने का मौका मिले तो मैं इसे मज़ा चखाऊँ। अवसर मिलते ही वह आपको नीचा दिखाता है तब आपको पता चलता है कि क्रोध करके, अपनी बात मनवाकर आपको लगा था कि आप जीत गए मगर वह जीत आपकी जीत नहीं, हार थी।

क्रोध में कभी आप तुरंत हार जाते हैं तो कभी कुछ समय के बाद हारते हैं परंतु हारते ज़रूर हैं। जैसे आपने किसी को कुछ गलत कहा और उसने तुरंत आपको गाली दी या थप्पड़ मारी यानी आपके गलत बोलने का परिणाम तुरंत आपको मिला और आप उसी वक्त हार गए।

कभी ऐसा होता है कि आपने किसी को कुछ गलत कहा तो वह समय निकालकर, कुछ समय के बाद आपसे गलत व्यवहार करता है, आपकी हानि करता है। इस उदाहरण में आप कुछ समय के बाद हारते हैं। इस तरह क्रोध में आपका नुकसान ही होता है, दोनों तरफ से आप हारते हैं क्योंकि अग्र व्यवहार करनेवाले लोग तुरंत उग्रवादी हो जाते हैं। यह उनकी आदत तथा वृत्ति बन जाती है।

> एक गंजा इंसान छाता लिए रास्ते से कहीं जा रहा था तब पीछे से किसी ने उसे कहा, 'दिन में चाँद चमक रहा है!' उसी वक्त गंजे ने तुरंत सामनेवाले के सिर पर छाता दे मारा और कहा, 'अब तारे देखो !'

इस उदाहरण में गंजे इंसान को लगा कि उसने सामनेवाले को मज़ा चखाया मगर उसे पता नहीं कि सामनेवाला इंसान आगे चलकर उसे नीचा दिखाने का मौका ढूँढ़ता रहता है। परिणामतः समाज में बदले की भावनाएँ उत्पन्न होती हैं। अतः यह समझें कि गुस्से में अग्र व्यवहार करने से हमेशा हार ही होती है इसलिए हमें क्रोध में हमेशा सही (सब्र) प्रतिसाद ही देना चाहिए। धीरज रखने का यदि कोई समय है तो वह यही है।

नकारात्मक विचारों और अहंकार में अग्र व्यवहार न करें

कुछ लोग नकारात्मक विचार करने में माहिर होते हैं। वे सकारात्मक चीज़ों को बड़ी दूर से देखते हैं। अगर आप उन्हें कागज़ पर कुछ लिखकर देंगे जैसे– 'हॅपी थॉट्स' तो उसे वे बड़ी दूर से देखेंगे और नकारात्मक विचार लिखकर दिया तो उसे वे पास से देखेंगे और मॅग्नीफाईंग ग्लास

लगाकर देखेंगे। इसलिए नकारात्मक विचार या डर के वक्त कभी भी अग्र प्रतिसाद नहीं देना चाहिए। ऐसे वक्त नम्र प्रतिसाद देने से आप बहुत जल्दी आगे बढ़ पाएँगे और नकारात्मक विचारों से जीत पाएँगे।

कुछ लोग अहंकार में अग्रता से व्यवहार करते हैं, अपनी नकली शान दिखाने के लिए कुछ चीज़ें यहाँ-वहाँ से इकट्ठी कर लेते हैं और लोगों को बताते हैं कि 'ये चीज़ें मैंने फलाँ मुल्क से लाईं...ये अमूल्य चीज़ें मैंने वहाँ से लाईं...।' देखनेवाला उस वक्त उसकी बड़ी तारीफ करता है मगर उस इंसान को आगे चलकर पता चलता है कि इस नकली शान और गलत व्यवहार ने उसे कितनी तकलीफ दी। इसमें उसका कितना समय और धन बरबाद हो गया। अतः आप झूठी तारीफ पाने के लिए गलत व्यवहार न करें। एक चूहा मारने के लिए कोई अपना घर जला दे तो आप उससे कहेंगे, 'तुम तो बड़े मूर्ख हो।'

मूर्ख और पागल के साथ अग्रता से व्यवहार न करें

आपको जीवन में ऐसे बहुत से मूर्ख, सनकी और अकड़े हुए लोग मिल जाएँगे, जिनसे आपको अग्रता या उग्रता से व्यवहार नहीं करना है। यदि आपको यह बात याद नहीं और वे कुछ करते समय आपने तुरंत उनसे पूछा कि 'क्या कर रहे हो?' तब वे ऐसे जवाब देते हैं कि आपकी फजीहत हो जाती है। ऐसी अवस्था आपके सामने आए तो आपको मालूम होना चाहिए कि सामनेवाले से कैसा व्यवहार करना है, कहाँ पुश करना है या कहाँ पुल करना है।

किसी ने एक पागल से पूछा, 'क्या लिख रहे हो?' पागल ने कहा, 'अपने आपको पत्र लिख रहा हूँ।' फिर उस इंसान ने पूछा कि 'पत्र में तुमने क्या लिखा है?' तो तुरंत वह पागल गुस्सा हो गया और उसने जवाब दिया, 'क्या लिखा है मतलब क्या, अभी मुझे पत्र मिला कहाँ है!' इस तरह आपकी फजीहत न हो इसलिए पागल और मूर्ख से अग्रता से व्यवहार करना सदा टालें।

दुःख और डर में अग्रता से व्यवहार न करें

इस जीवन रूपी ताजमहल में ऐसा ही हो रहा है, जहाँ जो व्यवहार करना चाहिए, वहाँ वैसा व्यवहार नहीं किया जा रहा है। लोग दुःख और दर्द में अग्र या उग्र व्यवहार करते हैं। थोड़ी सी तकलीफ हुई तो आह... आउच..! इतना ज़ोर से चिल्लाते हैं जैसे कोई हत्या होते हुए देख ली हो मगर जब बारीकी से देखा जाता है तो एक छोटा सा कॉक्रोच होता है। इस तरह का व्यवहार उग्र है।

जीवन में अधिकतर लोग उग्र व्यवहार यानी ज़रूरत से ज़्यादा प्रतिसाद देते हैं। किसी ने उन्हें कुछ कहा तो वे चिल्लाने लगते हैं। आपको जब भी लगे कि आप उग्रता से व्यवहार कर रहे हैं, ज़्यादा प्रतिक्रिया कर रहे हैं तब स्वयं को याद दिलाएँ कि 'यहाँ पर मुझे कम बोलना अथवा मौन रहना है।'

> जैसे एक इंसान दौड़कर एक गोदाम के मालिक के पास आया और मालिक से कहा, 'गोदाम में आग लग गई है' तो गोदाम के मालिक ने कहा, 'मुझे क्या?' सामनेवाले ने जब कहा, 'अरे! तुम्हारे गोदाम में आग लगी है।' तब यह सुनकर मालिक ने कहा, 'फिर तुझे क्या?'

ऐसा धीरजयुक्त व्यवहार प्रकट करने से पहले आपको अपने आप पर नियंत्रण रखना पड़ता है।

अग्र व्यवहार का सही समय

सुबह नींद से उठते वक्त अग्रता से बिस्तर छोड़ना चाहिए। यदि वहाँ आपने सब्र व्यवहार किया तो आपको फिर से नींद आ जाएगी।

नया या अच्छा काम करने का जब भी मन करे तब तत्परता से व्यवहार करें वरना समय बीतते ही अच्छा काम करने की प्रेरणा मंद पड़ जाती है। नया काम नया होने की वजह से इंसान को वह कार्य कठिन लगता है। नया कार्य खत्म करने में उसे समय लगता है इसलिए वह नए

काम को टालता रहता है। अग्र व्यवहार करने से आप जल्द ही उस काम में कुशल बन जाएँगे, जिससे काम की पूर्णता के साथ आपको कामयाबी भी आसानी से मिल जाएगी।

आपका मनन प्रतिसाद :

* बंधन तोड़ने के लिए व्यवहार के नए तरीके सीखें। पुराना व्यवहार बदलें।

* कभी भी अग्रता से व्यवहार करके अपने अहंकार को पोषण न दें।

* इंसान अपने अहंकार को बढ़ाता रहता है इसलिए उसके हृदय में बदले की भावना बढ़ती रहती है।

* यदि आप पूरा जीवन पुश की जगह पर पुल और पुल की जगह पर पुश करते रहे और उसी में अटके रहे तो आपको कभी असली आज़ादी नहीं मिलेगी।

* क्रोध करने पर यदि सामनेवाले ने आपकी बात मान भी ली तो भी आपकी हार है और यदि उसने आपकी बात नहीं मानी तो भी आपकी हार है।

* दूसरों को नकली शान दिखाने में न उलझें। चूहे को मारने के लिए अपना घर न जलाएँ।

आप कैसे मित्र हैं?

लोग चाहते हैं कि उन्हें अच्छे मित्र व रिश्तेदार मिलें परंतु कोई यह नहीं सोचता कि 'क्या मैं अच्छा मित्र या रिश्तेदार बन पाया हूँ?'

अगर आप चाहते हैं कि आपका मित्र सकारात्मक विचारक हो तो आप भी सकारात्मक सोच रखें।रिश्तेदारों का चुनाव तो हमारे हाथ में नहीं होता परंतु 'मित्रता' एक ऐसा रिश्ता है जिसे हम स्वयं चुन सकते हैं। इसलिए ज़रूरी है कि हम वैसे मित्र बनें, जैसे मित्रों का चुनाव हम अपने लिए करना चाहेंगे।

इससे न केवल आपका लोक व्यवहार मज़बूत होगा बल्कि आपमें विकास करने की योग्यता भी बढ़ेगी।

अध्याय आठ

व्यवहार कुशलता का दूसरा तरीका
नम्र-सब्र प्रतिसाद

सब्र का फल केवल मीठा ही नहीं, स्वास्थ्यवर्धक भी होता है।
हमारा व्यवहार हमारे चुनाव द्वारा प्रकट होना चाहिए।
हमें पूर्णता की कला धीरजवान बनकर
जल्द से जल्द सीख लेनी चाहिए।

पृथ्वी पर लोकव्यवहार करने का दूसरा तरीका है, नम्र-सब्र प्रतिसाद देना। यह तरीका दिखने में कमज़ोर लेकिन परिणाम में प्रभावशाली है।

दुःख में हमेशा नम्र रहकर व्यवहार करें। नम्र यानी पीछे हटनेवाला प्रतिसाद। कुछ जगहों पर अग्र व्यवहार तो कुछ जगहों पर नम्र व्यवहार योग्य होता है।

दुःख में कभी भी अग्र व्यवहार न करें, इससे आपका दुःख बढ़ जाता है। जो लोग अपने दुःख की नुमाइश करते हैं, उनका दुःख बढ़ता ही जाता है। अपना दुःख-दर्द डॉक्टरों को ज़रूर बताएँ, हर एक को बताने की आवश्यकता नहीं है।

हमारी छोटी उँगली नम्र व्यवहार का प्रतीक है और बड़ी उँगली अग्र व्यवहार का प्रतीक है। नम्र व्यवहार में झुककर, रुककर व्यवहार किया जाता है।

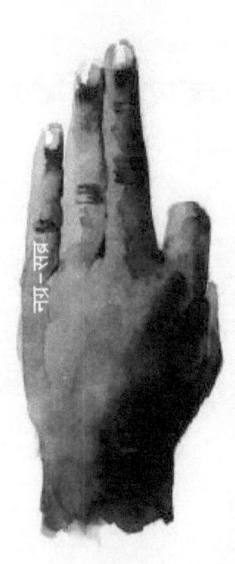

जैसे–पति ने पत्नी से कहा कि 'तुम तो बातचीत और वाद-विवाद में मेरे सामने झुकना नहीं जानती हो, तुम्हें तो झुकना आता ही नहीं है।' इस पर बीवी ने झट से जवाब दिया, 'मैं तो रोज़ झाडू लगाते वक्त झुकती हूँ।'

इससे समझें कि झुकने का अर्थ शारीरिक रूप से झुकना नहीं बल्कि मानसिक रूप से झुकना है। कई बार जीवन में ऐसे निर्णय लेने होते हैं कि इस तरह किया तो भी तकलीफ होगी, उस तरह किया तो भी तकलीफ होगी। ऐसे समय पर आपको नम्र व्यवहार यानी थोड़ा रुककर, झुककर व्यवहार करना चाहिए।

इसी तरह जब इंसान अपने अंदर सब्र की शक्ति पैदा करता है तब उसके सभी काम आसानी से पूरे होने लगते हैं। जब इंसान में सब्र (धीरज) नहीं होता तब वह उतावलेपन में कई सारी गलतियाँ कर बैठता है। जिस वजह से उसके कई कार्य रुक जाते हैं या समय पर नहीं होते। इंसान के कार्य जब समय पर समाप्त नहीं होते तब उसका आत्मविश्वास कमज़ोर हो जाता है। इसलिए हर इंसान को सब्र बढ़ाने के लिए अपने उतावलेपन का इलाज करना चाहिए। उत्तेजना और उतावलापन इंसानी कमज़ोरियाँ हैं, सब्र और साहस इंसानी खूबियाँ हैं। हर मुसीबत में धीरज और साहस से बिना उत्तेजित हुए लोक व्यवहार करें। आपका व्यवहार आपकी सफलता की जमानत यानी गारंटी है।

सब्र और संकल्प शक्ति प्राप्त करने के लिए हर घटना में धीरज से काम लें। आपका व्यवहार ही दिखाता है कि आप धीरजवान हैं या मतिमंद बलवान हैं।

संकल्प शक्ति बढ़ाने के लिए कुछ बातें ध्यान में रखें। आपके पास रोज़ ऐसे कई मौके आते हैं जहाँ आप अपना धीरज बढ़ा सकते हैं। जब आप सब्र की शक्ति बढ़ाएँगे तो ही आपकी संकल्प शक्ति बढ़ेगी।

जैसे आपके घर के दरवाज़े पर जब घंटी दो से ज़्यादा बार बजती है, तब आप झट से चिल्लाने लगते हैं, 'अरे! दरवाज़ा खोलो... कोई जल्दी दरवाज़ा क्यों नहीं खोलता?' वहाँ आप सब्र नहीं रख पाते, आप घंटी की आवाज़ को सहन नहीं कर पाते, आपको लगता है कि जल्द से जल्द दरवाजा खोला जाए, आपसे रुका नहीं जाता। इसलिए सब्र की शक्ति बढ़ाने के लिए अगला व्यवहार आप कर सकते हैं, वह है विलंब व्यवहार यानी देर से थोड़ा रुककर प्रतिक्रिया करना। इस तकनीक का इस्तेमाल कैसे करना है, आइए समझें।

अकसर जब भी दरवाज़े की घंटी बजे तो तुरंत दौड़कर न जाएँ। आहिस्ते से जाकर दरवाज़ा खोलें। फोन की घंटी बजे तो तुरंत फोन न उठाएँ। शांत रहकर दो घंटियों के बाद फोन उठाएँ। इस तरह शांत हाव-भाव से व्यवहार करें। ऐसे व्यवहार से आपमें सब्र की शक्ति बढ़ती है।

इस तकनीक द्वारा हर घटना में आप जो प्रतिक्रिया करते हैं, उससे कम प्रतिक्रिया करें। आप नकारात्मक घटना में सामनेवाले को कम, मौन अथवा सब्र प्रतिसाद दें। इसे एक उदाहरण द्वारा समझें।

किसी ने आकर आपको खबर दी कि 'तुम्हारी लॉटरी लगी है।' यह सुनकर आपने कुछ कहा ही नहीं तो इसे कहते हैं, मौन प्रतिसाद। उसी तरह अगर कोई आपको कहता है कि आपकी लॉटरी लगी है और आप उसे कहते हैं, 'ठीक है, क्या आपको और कुछ बताना है?' यह हुआ कम प्रतिसाद यानी आपको अंदर से तो बहुत खुशी हुई कि पहली बार लॉटरी लगी है मगर आपने उस पर तुरंत कोई प्रतिक्रिया नहीं की, आप थोड़ा रुके और बाद में थोड़ा मगर मंद प्रतिसाद दिया।

आज लोगों की वृत्तियाँ (आदतें) और पैटर्न इतने पक्के हो गए हैं

कि किसी ने उन्हें कुछ कहा नहीं कि उनका वे तुरंत उत्तर दे देते हैं, तुरंत प्रतिक्रिया करते हैं। किसी ने कहा, 'तुम्हारी लॉटरी लगी है' तो बिना सब्र किए तुरंत उछलकर पूछते हैं, 'सच बोल रहे हो न, कहीं झूठ तो नहीं बोल रहे हो' मगर जब आपको कहा गया कि सब्र रखकर व्यवहार करें तो आपको इस प्रतिक्रिया पर प्रयोग करके देखना है। यह प्रयोग करने के लिए पहले आपको अपने आप पर उचित नियंत्रण (कंट्रोल) रखना होगा, अपने सब्र की शक्ति बढ़ानी होगी।

आपको लगेगा कि ऐसे छोटे प्रयोग करने से क्या लाभ होगा मगर इन छोटे-छोटे प्रयोगों से बहुत कुछ हो सकता है क्योंकि ऐसे प्रयोग करने के मौके आपको हर दिन, सुबह से लेकर रात तक मिलते रहते हैं। जहाँ पर आप कम, मौन, विलंब अथवा सब्र व्यवहार कर सकते हैं।

जब हम कोई खबर सुनते हैं तब जल्दी उत्तेजित हो जाते हैं कि जल्दी किसी को बताऊँ... जल्दी जाऊँ...अब क्या होगा... कैसे होगा... इस तरह आप सब्र खो देते हैं। आप अपना सब्र बढ़ाने के लिए ऐसे प्रयोग करके देखें और कभी कम, कभी मौन तो कभी विलंब करके व्यवहार करें।

जब आपको कोई ऐसा चुटकुला सुनाता है जो आपका सुना हुआ है, तब आप उस चुटकुले की अगली पंक्ति सामनेवाले को जल्दी से बता देते हैं। अब आप यह प्रयोग करके देखें कि जब कोई आपको सुना हुआ चुटकुला फिर से सुनाए तब उस समय आप विलंब व्यहवार करें यानी थोड़ा रुकें और वह चुटकुला पूर्ण सुनें। इस प्रयोग से आपके सुनने की शक्ति भी बढ़ेगी और आपका अपनी वाणी पर, जो क्रोध का सबसे बड़ा कारण है, नियंत्रण बढ़ेगा।

अपनी वाणी पर नियंत्रण न होने की वजह से कई बार आपके मुँह से कुछ ऐसे शब्द निकल जाते हैं कि बाद में उन पर आपको पछताना पड़ता है कि 'मैंने ऐसा क्यों कह दिया।' वाणी पर नियंत्रण न होने की वजह से कुछ गुप्त बातों को भी आप गुप्त नहीं रख पाते। किसी ने आपको कहा, 'देखो

ये-ये बात मैं तुम्हें बता रहा हूँ, तुम किसी को मत बताना। मैं सिर्फ तुम्हें बता रहा हूँ क्योंकि तुम मेरे बहुत करीब हो।' आप उसे कहते हैं, 'बिलकुल सही है, मैं किसी को नहीं बताऊँगा।' फिर आप यह सोचकर अपने मित्र को वह बात बता देते हैं कि यह तो मेरे बहुत करीब का है। इस तरह हर एक अपने करीबवाले को वह बात बताता है और फिर वह बात कभी गुप्त नहीं रह पाती। इस तरह का जब कोई मौका आपके पास आए तो उस बात को गुप्त रखकर आप अपने सब्र और संकल्प की शक्ति बढ़ा सकते हैं।

इंसान एक सामाजिक जीव है। उसे जीने और सफलता पाने के लिए लोगों के सहारे तथा मार्गदर्शन की ज़रूरत होती है। लोगों को दुःखी करके वह अपने जीवन में रुकावटें डालता है। केवल आदत की वजह से वह अपनी वाणी व क्रिया से न चाहते हुए भी दूसरों को दुःखी कर देता है और कहता है, 'मैंने तो केवल सत्य कहा था।' सामनेवाले को बिना दुःखी किए भी आप उसे नम्रता से सच बता सकते हैं। मधुर वाणी और मंद स्वर में भी लोगों से बात की जा सकती है।

यदि आपकी क्रियाएँ और भाव लोगों को दुःख देते हैं तो इस पर सजग हो जाएँ। भावों को लोग तुरंत पहचान नहीं पाते लेकिन वाणी या क्रिया तुरंत दिखाई देती है। स्वर और कर्म का असर तुरंत दिखाई देता है इसलिए मंद व मीठे स्वर में लोगों से बात करें। इंसान के गलत व्यवहार को रोकने के लिए यह भावना साधना है। प्रेम पूर्ण व्यवहार करने की आदत डालने के लिए अपनी वाणी और क्रिया पर नियंत्रण रखना सीखें।

आपकी ज़ुबान आपको छाँव में बिठा सकती है और यही ज़बान आपको धूप में झुलसा सकती है। यह दो इंच की ज़ुबान दोज़ख (नर्क) में बिठा सकती है या नए दोस्त बना सकती है। ज़ुबान पर काम करने की भावना आपकी कई सारी समस्याओं को सुलझा देगी।

ज़ुबान लचीली होती है, दाँत कठोर होते हैं इसलिए दाँत बुढ़ापे में टूट जाते हैं लेकिन ज़ुबान कैंची की तरह चलती रहती है। ज़ुबान की यह लचक वरदान है, जिस वजह से वह कठोर दाँतों के बीच में भी सदा

सलामत रहती है। आपकी गलत आदत की वजह से ज़ुबान का यह वरदान अभिशाप न बन जाए।

जब कुछ कहते-कहते इंसान की ज़ुबान से गलत उच्चारण निकल जाता है तब उसे शर्मिंदगी महसूस होती है लेकिन जब उसी ज़ुबान से गाली, व्यंग, बद्दुआ, झूठ निकलता है, तब उसे बिलकुल शर्मिंदगी महसूस नहीं होती। जो लोग यह ठान लेते हैं कि वे अपनी ज़ुबान का इस्तेमाल सँभालकर करेंगे, वे सदा सुखी रहते हैं।

'छड़ी और पत्थरों के घाव भर जाते हैं लेकिन ज़ुबान के द्वारा मिले हुए घाव ज़िंदगीभर हरे रहते हैं।' इस कहावत को सदा याद रखते हुए अपनी वाणी पर नियंत्रण रखें, अपने स्वर से नम्र व्यवहार करें।

पृथ्वी पर लोक व्यवहार के नियमों पर काम करते-करते आपको अपने मन के बारे में अनेक जानकारियाँ मिलती जाएँगी। जैसे आपका मन कब, किस जगह लोभ, लालच की लोमड़ी बन जाता है और कब, किस तरह डर का दानव बन जाता है। मन कभी नफरत का नाग बनकर ज़हर उगलता है तो कभी तुलना का तोता बनकर, हर इंसान से अपनी तुलना करने में लगा रहता है। मन की ये आदतें जानकर ही आप मन पर सब्र से विजय प्राप्त कर सकते हैं।

आपका मनन प्रतिसाद :

* पृथ्वी पर लोक व्यवहार करने का दूसरा तरीका है नम्र-सब्र व्यवहार करना। यह तरीका दिखने में कमज़ोर लेकिन परिणाम में प्रभावशाली है।

* जब इंसान अपने अंदर सब्र की शक्ति पैदा करता है, तब उसके सभी काम आसानी से और जल्दी पूरे होने लगते हैं। सब्र का फल केवल मीठा ही नहीं बल्कि स्वास्थ्यवर्धक भी होता है।

* जब इंसान में सब्र नहीं होता तब वह उतावलेपन में कई सारी ऐसी

गलतियाँ कर बैठता है, जो आगे चलकर पछतावे को जन्म देती हैं।

- इंसान के कार्य जब समय पर समाप्त नहीं होते, तब उसका आत्मविश्वास कमज़ोर हो जाता है, वह असफलता का दोस्त बन जाता है।

- उत्तेजना और उतावलापन इंसानी कमज़ोरियाँ हैं, सब्र और साहस इंसानी खूबियाँ हैं।

- आप धीरजवान हैं या मतिमंद बलवान हैं, यह आपका व्यवहार बताता है क्योंकि आपका व्यवहार आपका दर्पण है।

- स्वर और कर्म का असर तुरंत दिखाई देता है इसलिए सदा मंद व मीठे स्वर में बात करें। कर्म करने से पहले कर्मात्मा को याद करें। कर्मात्मा यानी कर्म के पीछे का भाव (प्रेम), भावना (इंटेन्शन) और प्रज्ञा (समझ)।

व्यवहार नियम

'लोगों के साथ ऐसा व्यवहार करें, जैसा आप चाहते हैं कि लोग आपसे जो आप हैं, वह जानकर व्यवहार करें।' यह सुनहरा नियम प्रेम का धागा ही है, जो रिश्तों को बाँधने में आपकी मदद करता है।

लोग इस नियम का अर्थ समझने में गलती करते हैं इसलिए अच्छे परिणाम नहीं आते। वे समझते हैं कि यदि मैं लोगों को आदर दूँगा तो वे मेरा आदर करेंगे... इत्यादि। यह बहुत आसान और तर्कयुक्त अर्थ है। लेकिन इसमें छूटी हुई कड़ी है। वास्तविक सुनहरा नियम, आप लोगों के साथ वैसे ही व्यवहार कर रहे हैं, जैसे कि वे केवल शरीर ही हैं, जो गलत है। अगर राजा के साथ लोग ऐसे व्यवहार करें, जैसे वह भिखारी है तो उस राजा को क्या करना चाहिए? वह उनसे वैसे ही व्यवहार करेगा, जैसा वह है। वह लोगों की गलत मान्यता में अपना असली स्वरूप नहीं भूलेगा। वह राजा बनकर ही अपनी प्रजा का खयाल रखेगा।

अध्याय नौ

व्यवहार कुशलता का तीसरा तरीका
विप्र प्रतिसाद

उत्तेजना और उतावलापन इंसानी कमज़ोरियाँ हैं,
धीरज और साहस इंसानी खूबियाँ हैं।

व्यवहार कुशलता का तीसरा और मज़ेदार तरीका है, विप्र प्रतिसाद। दुःख में अग्र प्रतिसाद न देकर विप्र प्रतिसाद दिया जा सकता है। विप्र प्रतिसाद यानी विपरीत व्यवहार करें। जैसे आपको शरीर में दर्द हो रहा है और आप हँस रहे हैं तो यह विरोधी व्यवहार है। इसे विपरीत प्रतिसाद भी कहा जाता है।

एक टीचर ने जब बच्चे को पीटा तो वह हँसने लगा। यह देखकर टीचर ने उस बच्चे से कहा, 'अरे नालायक! मैं तुझे मार रहा हूँ और तू हँस रहा है!' तब उस बच्चे ने कहा, 'आपने ही तो सिखाया है कि मुसीबतों का सामना सदा हँसकर करना चाहिए।'

इस उदाहरण से विप्र व्यवहार का अर्थ आपको समझ में आया होगा। विप्र यानी ठीक उलटा व्यवहार करना। उलटे व्यवहार का अर्थ गलत व्यवहार करना नहीं है। उलटा व्यवहार यानी ऐसा व्यवहार जो

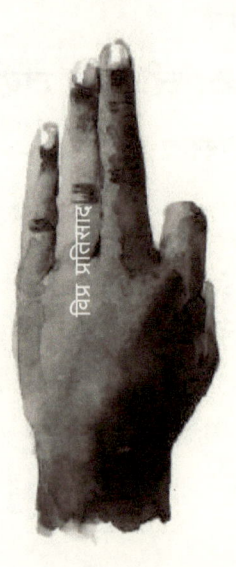

निराशा, सुस्ती और गुस्से को दूर भगाता है। उल्टा व्यवहार यानी ऐसा व्यवहार जो आशा, रचनात्मकता और खुशियों को पास बुलाता है।

गुस्से में आया हुआ इंसान यदि विप्र प्रतिसाद देता है तो उसे खुद आश्चर्य होगा कि उसका क्रोध कैसे काफूर हो गया। बच्चा जब पहली बार तोतली भाषा में गाली देता है, तब माँ-बाप खुश होते हैं और हँसते हैं। यह विप्र व्यवहार है, जो इस घटना में गलत है क्योंकि यही बच्चा जब बड़ा होकर साफ उच्चारण के साथ गाली देता है तब माँ-बाप उसे पीटते हैं। यदि पहली बार गाली देने पर बच्चे को हलका सा डाँट दिया गया होता तो आगे चलकर उसे उग्र व्यवहार यानी पीटने की आवश्यकता न पड़ती।

विप्र व्यवहार में सामनेवाला आपसे जिस प्रतिसाद की उम्मीद कर रहा है, आप उसे उसका ठीक उलटा प्रतिसाद देते हैं। अगर सामनेवाला आपसे उम्मीद कर रहा है कि आप खुश होंगे तो आप उसे दिखा रहे हैं कि आप खुश नहीं हुए। अगर सामनेवाला आपसे उम्मीद कर रहा है कि आप दु:खी होंगे तो आप उसे दिखा रहे हैं कि आप खुश हैं।

विपरीत व्यवहार में किसी कारण से आपकी हार होगी तो आप उस हार को हार न समझते हुए जीत समझेंगे। अगर आपने हार को जीत समझा तो आपने जीवन से विपरीत व्यवहार किया। जीवन विपरीत व्यवहारों द्वारा आपकी सजगता बढ़ाता है। आपकी हार हुई यानी आपने अपनी गलती से सीखकर सफलता की उड़ान भरी। इस व्यवहार के

कारण असल में आपकी जीत हुई।

किसी चीज़ को प्राप्त करने के लिए अगर आपको पाँच बार फेल होना था तो उनमें से आप एक बार फेल हो चुके, बाकी बचे चार। इसका अर्थ आपकी सफलता की एक रुकावट खत्म हो गई। आप अपनी सफलता के नज़दीक आ गए। फेल होने पर आपको लगता है कि आप सफलता से दूर हो रहे हैं परंतु उपरोक्त उदाहरण से आपको समझ में आएगा कि आपकी असफलता असल में आपकी सफलता की तैयारी है।

इस समझ को कहते हैं विपरीत सोच, रचनात्मक विचार। विप्र व्यवहार के लिए आपको धैर्य रखना पड़ता है। इसी से आपका सब्र और संकल्पशक्ति बढ़ती है। हाथ की अनामिका उँगली चित्र में दर्शाए संकेत अनुसार विप्र व्यवहार का प्रतीक है।

जब जिस व्यवहार की आवश्यकता है, वह व्यवहार इंसान ने यदि नहीं दिया तो बाद में इंसान के पास पछतावे के अलावा कुछ शेष नहीं बचता। जिस प्रकार खेती सूख जाने के बाद वर्षा का कोई फायदा नहीं, वैसे ही समय बीत जाने के बाद पछताने से भी कोई फायदा नहीं। पछताने के लिए भी इंसान समय गँवाता है और बाद में इस समय गँवाने पर भी वह पछताता है। इस तरह पछताने का दुष्चक्र शुरू हो जाता है। अतः समय रहते ही आपको जीवन रूपी ताजमहल देख लेना चाहिए यानी पृथ्वी पर आने का लक्ष्य प्राप्त कर लेना चाहिए ताकि समय खत्म होने के बाद पछताना न पड़े।

ताजमहल की उपमा से समझें कि जब इंसान सही व्यवहार करता है तब ताजमहल का दरवाज़ा खुलता है। जब इंसान और अंदर जाता है तो फिर एक दूसरा दरवाज़ा आता है। दूसरे दरवाज़े की बनावट अलग है - वहाँ न पुश करना होता है, न पुल, वहाँ पर जाकर सिर्फ रुकना होता है। कुछ लिफ्ट ऐसी होती हैं, जहाँ आप जाकर सिर्फ रुकते हैं और लिफ्ट का दरवाज़ा खुल जाता है। जीवन में भी ऐसे कई मौके होते हैं जहाँ आपको न अग्र व्यवहार करना चाहिए, न नम्र, उस वक्त केवल

सब्र व्यवहार करना चाहिए। अगर आपने गलती से वहाँ पर अग्र या नम्र यानी पुश या पुल किया तो आप गड्ढे में जा गिरते हैं।

ताजमहल के अंदर के सभी दरवाज़े पारदर्शी हैं इसलिए आप बाहर से ही देख रहे हैं कि अंदर एक होटल (कैफेटेरिया) है। लोग अंदर खा-पी रहे हैं। आपको भी अंदर जाने और खाना खाने की जल्दी है मगर अपनी असावधानी की वजह से आप बार-बार गलत ढंग से दरवाज़ा खोलते हैं और गड्ढे में गिर जाते हैं, फिर बाहर आने के लिए मदद माँगते हैं। कुछ लोग तो मदद भी नहीं माँगते, मदद माँगने से उनके अहंकार को ठेस पहुँचती है, वे कहते हैं, 'नहीं-नहीं हम स्वयं ही बाहर आ जाएँगे।' उन्हें पता नहीं कि इन्हीं बातों में बड़ा समय गँवाकर वे बिना पृथ्वी लक्ष्य पाए संसार से चले जाते हैं।

कई लोग गड्ढे में गिरने के बाद, गड्ढे में पहले से ही गिरे लोगों के साथ साँप-सीढ़ी का खेल खेलते रहते हैं। वे अपना लक्ष्य ही भूल जाते हैं। उन्हें फिर से याद दिलाया जाता है कि 'क्या आपको यह समझ है कि वाकई आप गड्ढे में हैं? आप ताजमहल (पृथ्वी लक्ष्य) को भूल ही गए हैं' क्योंकि गड्ढे में गिरने के बाद ताजमहल दिखना बंद हो जाता है। गड्ढे से बाहर आए तो कुछ दिखाई देता है, गड्ढे के अंदर तो कुछ भी नहीं दिखता। गड्ढे को ही लोग स्वर्ग मान लेते हैं।

जीवन में ठीक यही होता है। कई लोग शराब पीकर कीचड़ के गड्ढे में गिर जाते हैं तो उन्हें लगता है कि वे ए.सी. (वातानुकूलित) कमरे में हैं। उनकी भी हालत नर्क जैसे गड्ढे में गिरने जैसी ही होती है।

अब तक बताए गए उदाहरणों से आपको स्पष्ट हो गया होगा कि आपको कहाँ सब्र, कहाँ नम्र, कहाँ अग्र और कहाँ विप्र व्यवहार करना चाहिए। सही प्रतिसाद का चुनाव आपको व्यवहार कुशलता प्रदान करता है। सही व्यवहार सीखना, पृथ्वी लक्ष्य पाने की पहली शर्त है।

आपका मनन प्रतिसाद :

* विपरीत व्यवहार में किसी कारण से आपकी हार होगी तो आप उस

हार को हार न समझते हुए जीत समझेंगे।

* विपरीत (उलटे) व्यवहार का अर्थ गलत व्यवहार करना नहीं है। उलटा व्यवहार यानी ऐसा विप्र व्यवहार जो निराशा, सुस्ती और गुस्से को दूर भगाता है और जो आशा, रचनात्मकता और खुशियों को पास बुलाता है।

* आपकी असफलता असल में आपकी सफलता की तैयारी है।

* जिस प्रकार खेती सूख जाने के बाद वर्षा का कोई फायदा नहीं, वैसे ही समय बीत जाने के बाद पछताने से भी कोई फायदा नहीं। पछताने के लिए भी इंसान समय गँवाता है और बाद में इस समय गँवाने पर भी वह पछताता है। इस तरह पछताने का दुष्चक्र शुरू हो जाता है।

सुनहरे शब्द

लोगों को, अपनी चेतना, होश और समझ के प्रकाश में देखें ताकि गलतफहमी का शिकार होकर आपके रिश्ते न बिगड़ जाएँ। साथ ही सॉरी, प्लीज़ और थैंक यू जैसे सुनहरे शब्दों का इस्तेमाल करते रहें।

ये शब्द लगते छोटे हैं परंतु इनका असर बहुत सकारात्मक होता है। 'सॉरी' शब्द आपके रिश्तों के लिए मरहम का काम करता है।

'प्लीज़' और 'थैंक यू' जैसे शब्दों का लोक व्यवहार में बहुत महत्त्वपूर्ण योगदान होता है। इनका इस्तेमाल करने से कई बार आपके बिगड़े काम भी बन जाते हैं और न होनेवाले काम भी हो जाते हैं।

इन छोटे शब्दों का छोटा न समझकर, भरपूर इस्तेमाल करें और लोक व्यवहार में चार चाँद लगाएँ।

अध्याय दस

व्यवहार कुशलता का चौथा तरीका
समग्र व्यवहार, पृथ्वी प्रतिसाद

बंधन अभिव्यक्ति को प्रकट करने के लिए है।
अगर उचित बंधन न होता तो आप
रचनात्मक अभिव्यक्ति भी नहीं कर पाते।
रेल की पटरी बंधन है तो रेल की यात्रा अभिव्यक्ति है।

पृथ्वी पर मिल-जुलकर, प्रेम-आनंद-मौन से जीवन जीने का चौथा और संपूर्ण तरीका भी है। यह तरीका है समग्र व्यवहार, पृथ्वी प्रतिसाद।

जब आप अपनी चार उँगलियाँ पंजे में मिला देते हैं तो मुट्ठी बनती है। यह मुट्ठी समग्र व्यवहार यानी पृथ्वी प्रतिसाद का प्रतीक है। चौथे तरह के व्यवहार में आपको सभी उँगलियों को इकट्ठा करके, सबका उपयोग करना आना चाहिए। जहाँ अग्र प्रतिसाद देना हो वहाँ अग्र, जहाँ नम्र प्रतिसाद देना हो वहाँ नम्र, जहाँ सब्र प्रतिसाद देना हो वहाँ सब्र और जहाँ विप्र प्रतिसाद देना हो वहाँ विप्र प्रतिसाद दिया तो आप समग्र व्यवहार करना यानी पृथ्वी प्रतिसाद इस्तेमाल करना जान गए।

हर जगह एक ही तरह का व्यवहार काम नहीं करता। आपको उस अंतराल में जहाँ क्रिया करने से पहले अति छोटा सा समय होता है, जागृत रहना पड़ेगा। जिस प्रकार प्यास लगने से पहले कुआँ खोदना

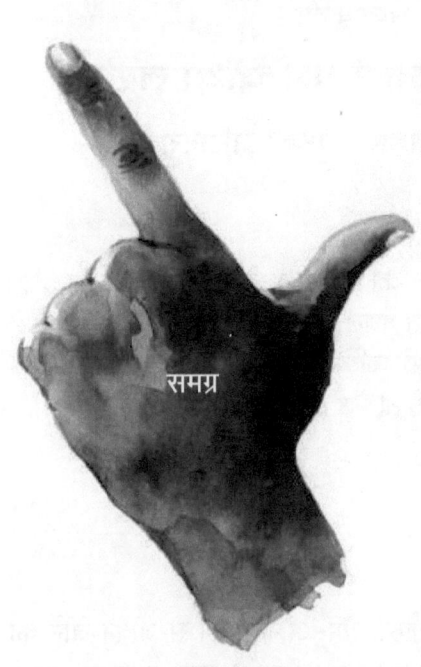
समग्र

पड़ता है, उसी प्रकार सभी तरह के व्यवहारों की तैयारी भी पहले ही करनी चाहिए। जैसे-

१) जब कोई आप पर व्यंग करे तब आपका व्यवहार कैसा होना चाहिए?

सब्र या विप्र व्यवहार होना चाहिए।

२) जब कोई आपकी तारीफ करे तब आपका व्यवहार कैसा होना चाहिए?

मौन अथवा कम व्यवहार होना चाहिए।

३) जब आप समस्या में होंगे तब आपका व्यवहार कैसा होना चाहिए?

सब्र या नम्र व्यवहार होना चाहिए।

४) जब फोन की घंटी बज रही है और कोई फोन उठा नहीं रहा है तब आपका व्यवहार कैसा होना चाहिए?

विलंब या नम्र व्यवहार होना चाहिए।

५) जब आप बीमार हैं तब आपका व्यवहार कैसा होना चाहिए?

विप्र या नम्र व्यवहार होना चाहिए।

६) जब आप थके हुए हैं और कोई आपसे पानी माँगे तब आपका व्यवहार कैसा होना चाहिए?

सरश्री

वाणी में सब्र लेकिन पानी भरने की क्रिया में अग्र। नया व्यवहार करके आपकी थकावट दूर हो जाएगी।

७) जब कोई आप पर क्रोध कर रहा हो तब आपका व्यवहार कैसा होना चाहिए?

मौन, नम्र अथवा विलंब व्यवहार होना चाहिए।

८) जब कोई आपका काम समय पर न करे तब आपका व्यवहार कैसा होना चाहिए?

विलंब या विप्र व्यवहार होना चाहिए।

९) जब कोई अपने वादे से मुकर जाए तब आपका व्यवहार कैसा होना चाहिए?

सब्र या विप्र व्यवहार होना चाहिए।

१०) जब सामनेवाले का व्यवहार गलत हो तब आपका व्यवहार कैसा होना चाहिए?

मौन अथवा विप्र व्यवहार होना चाहिए।

११) जब कोई आपकी युक्ति अपनी युक्ति कहे तब आपका व्यवहार कैसा होना चाहिए?

विलंब और सब्र व्यवहार होना चाहिए।

१२) जब आपका पड़ोसी अपना कचरा आपके घर के सामने फेंके तब आपका व्यवहार कैसा होना चाहिए?

नम्र और विप्र व्यवहार होना चाहिए।

१३) जब आपका देश क्रिकेट मैच हार जाए तब आपका व्यवहार कैसा होना चाहिए?

विप्र और विलंब व्यवहार होना चाहिए।

१४) जब आपका कोई रिश्तेदार गुज़र जाए तब आपका व्यवहार कैसा होना चाहिए?

मौन और कम प्रतिसाद देने का व्यवहार होना चाहिए।

१५) जब आपको एक साथ कई काम करने पड़ें तब आपका व्यवहार कैसा होना चाहिए?

वाणी में नम्र और काम करने में अग्र व्यवहार होना चाहिए।

१६) जब आपकी तुलना किसी और के साथ की जाए तब आपका व्यवहार कैसा होना चाहिए?

विप्र व्यवहार होना चाहिए।

१७) जब निराशा के विचार आपके मन में भर जाएँ तब आपका व्यवहार कैसा होना चाहिए?

विप्र और विलंब व्यवहार होना चाहिए।

१८) जब किसी बात से आपको डर लगे तब आपका व्यवहार कैसा होना चाहिए?

विप्र व्यवहार होना चाहिए।

१९) जब किसी के गुणों की तारीफ करने को मन करे तब कैसा व्यवहार होना चाहिए?

अग्र व्यवहार होना चाहिए।

२०) जब कोई आपको रिश्वत दे तब आपका व्यवहार कैसा होना चाहिए?

सब्र और स्थिर व्यवहार होना चाहिए।

२१) जब किसी के प्रति आपके मन में नफरत और बदले की भावना जागे तब आपका व्यवहार कैसा होना चाहिए?

नम्र और विप्र व्यवहार होना चाहिए।

२२) जब दान करने का विचार आपके मन में आए तब आपका व्यवहार कैसा होना चाहिए?

अग्र व्यवहार होना चाहिए।

२३) जब एक साथ अनेक चीज़ें खाने को मिलें तब आपका व्यवहार कैसा होना चाहिए?

विप्र और कम प्रतिसाद देते हुए व्यवहार होना चाहिए।

२४) जब आपके घर अचानक मेहमान आ जाएँ तब आपका व्यवहार कैसा होना चाहिए?

सब्र व्यवहार होना चाहिए।

२५) जब लाईट चली जाए तब आपका व्यवहार कैसा होना चाहिए?

विप्र और सब्र व्यवहार होना चाहिए।

२६) जब आप ध्यान कर रहे हैं और निराशा के विचार आ जाएँ या पाँव में दर्द होने लगे तब आपका व्यवहार कैसा होना चाहिए?

विलंब और विप्र व्यवहार होना चाहिए।

छोटी से लेकर बड़ी चीज़ तक अगर आप सही व्यवहार करने के लिए पहले से तैयार हैं तो आप समग्र व्यवहार का तरीका जानने लग गए हैं। चौथी (तर्जनी) उँगली चौथे तरह के व्यवहार का प्रतीक है। लोक व्यवहार का चौथा तरीका वह है कि जहाँ जैसा व्यवहार करना चाहिए, वहाँ आप वैसा व्यवहार करते हैं क्योंकि हर जगह एक ही तरह का व्यवहार उचित नहीं लगता। उदा. छोटे बच्चे जब भी आपको कोई

नया कार्य करके दिखाते हैं तो आपको तुरंत बढ़ा-चढ़ाकर उनकी तारीफ करनी चाहिए यानी वहाँ पर आपको अग्र व्यवहार करना चाहिए। जैसे आपके बच्चे ने कोई चित्र बनाया हो और वह आपको चित्र लाकर दिखाए तो आपको तुरंत कहना चाहिए, 'तुमने कितना अच्छा चित्र बनाया है! इतना सुंदर चित्र कैसे बनाया! तुम तो आगे चलकर बहुत बड़े चित्रकार बनोगे।' यह सुनते ही बच्चे की आँखों में चमक आ जाती है।

वे बच्चे बहुत भाग्यशाली हैं जिनके माता-पिता समग्र व्यवहार, पृथ्वी प्रतिसाद जानते हैं। कुछ माता-पिता ऐसे वक्त में बच्चों को नम्र प्रतिसाद देते हैं, 'ठीक है' कहकर टाल देते हैं। जब बच्चे ने आकर अपने माता-पिता को एक चित्र दिखाया, जो उनके लिए बहुत मामूली था तब वहाँ पर माता-पिता को नम्र प्रतिसाद नहीं देना चाहिए बल्कि वहाँ पर अग्र प्रतिसाद देना चाहिए क्योंकि बच्चे ने एक अच्छा प्रयास किया है। यदि आपने वहाँ अग्र प्रतिसाद दिया तो आप बच्चे के चेहरे की खुशी देख सकते हैं। वह आपको खुशी से बताएगा कि 'मैंने पहले ऐसा किया...फिर वैसा किया, फिर इतना सुंदर चित्र बना।' इस व्यवहार के पश्चात आप देखेंगे कि वह नित्य नए प्रयोग करेगा, जो उसकी प्रगति में बहुत सहायक बनेंगे।

एक इंसान ने किसी को बताया कि शादी के पंद्रह साल हो जाने के बाद भी उसने अपनी बीवी से यह नहीं कहा कि 'मैं तुम्हें पसंद करता हूँ।' यह गलत जगह पर नम्र व्यवहार का उदाहरण है। इस तरह जहाँ अग्र व्यवहार करना चाहिए वहाँ नम्र व्यवहार किया जाता है, जहाँ नम्र व्यवहार करना चाहिए, वहाँ अग्र व्यवहार किया जाता है। जहाँ पुश करना चाहिए, वहाँ लोग पुल करते हैं और जहाँ पुल करना चाहिए वहाँ पुश करते हैं। जब उस इंसान को लोक व्यवहार के तरीके पता चले तब पहली बार उसने अपनी बीवी से खुलकर बात की। उसे खुद आश्चर्य हुआ कि तीन बच्चे पैदा होने के बाद भी 'मैं तुम्हें प्यार करता हूँ, तुम्हें पसंद करता हूँ', यह वह नहीं कह पाया था।

ऊपर दिए गए उदाहरण से आपको समझ में आएगा कि लोग क्यों

सिकुड़कर जीते हैं? जबकि उन्हें सिकुड़कर नहीं बल्कि समग्रता से खिलकर और खुलकर जीना चाहिए। सभी रिश्तेदार जो आपके साथ रहते हैं, वे चाहते हैं कि आप उनसे खुलकर व्यवहार करें मगर वहाँ पर आप बहुत शांत रहते हैं, बिलकुल बात नहीं करते और ज़रा सी भी कहीं पर उनसे कोई गलती हुई कि आप अग्र और उग्र व्यवहार करते हैं। इस तरह रिश्तों में दरार आ जाती है। लोग एक-दूसरे को समझ नहीं पाते। हर घर में इस समस्या की वजह से अशांति रहती है। जिन परिवारों में घर के सदस्य व्यवहार चुनाव कर पाते हैं, उन परिवारों में सुख-शांति, वैभव और संतुष्टि बनी रहती है।

'व्यवहार चुनाव आज़ादी क्षेत्र क्या है' यह सूत्र न जानने के कारण लोगों से पृथ्वी प्रतिसाद देने में बड़ी गलती हो जाती है। यदि व्यवहार चुनाव आज़ादी क्षेत्र में वे रुक पाते हैं और अपने आपसे पूछ पाते हैं कि 'यहाँ मुझे कौन सा व्यवहार देना चाहिए अग्र या नम्र? उग्र या सब्र? विप्र या समग्र?' तो उन्हें जवाब ज़रूर मिलता है क्योंकि अंदर से हर इंसान को जवाब मिलता ही है, यह स्वाभाविक है। कुदरत ने आपको हर चीज़ दी है लेकिन बेहोशी में आप वे सब चीज़ें भूल गए हैं। बेहोशी में आप वही व्यवहार कर रहे हैं, जो आज तक करते आए हैं इसलिए आपको वही मिलता रहेगा, जो आज तक मिलता आया है। यदि आज तक आपका व्यवहार आपके लिए बंधन ही बनाता आया है तो आगे भी बंधन ही बनाएगा।

एक इंसान सोचता है कि 'मुझे अपना लक्ष्य पाने के लिए इतने करोड़ रुपए चाहिए!' यह रकम उसे बहुत बड़ी लगती है मगर जब वह अपने आपसे पूछता है कि 'इतने करोड़ रुपए जमा करने के लिए इतने-इतने सालों में हर दिन मुझे और मेरे ग्रुप के हर सदस्य को कितने पैसे जमा करने होंगे?' तो उसे समझ में आता है कि हर दिन तो एक छोटी रकम ही जमा करनी होगी।

कहाँ करोड़ों रुपए सामने आ रहे थे और कहाँ हर दिन एक छोटी

रकम सामने आई। इतनी बड़ी रकम, छोटी हो गई क्योंकि उस इंसान ने बड़ी रकम को कई दिनों में, कई लोगों में बाँट दिया। जब कुछ लोग इकट्ठे होकर एक लक्ष्य की ओर काम करते हैं तब काम बहुत आसान हो जाता है और कुछ दिनों में पूरा हो जाता है। इतना बड़ा लक्ष्य छोटा होने का कारण है कि आपने सबको एक साथ मिला दिया। इसी तरह सभी व्यवहारों को मिलाकर समग्रता से व्यवहार करना सीखें।

अगर आपने समग्र व्यवहार करना शुरू किया तो आपकी कामयाबी निश्चित है। चौथे तरह का व्यवहार करते हुए आप बहुत जल्द गलत आदतों (संस्कारों) के बंधनों से मुक्त हो जाएँगे। जब आप समग्र व्यवहार करना सीख जाएँगे तब आप अपने आप पर आत्मनियंत्रण रख पाएँगे, जिसे असली आज़ादी कहा गया है। जब आप सभी व्यवहारों को मिलाकर, संघ में मिलकर काम करते हैं तो बड़े से बड़ा लक्ष्य आपको छोटा लगने लगता है।

पृथ्वी लक्ष्य पाने के लिए इसी समय आपको निश्चित करना है कि आपको पहला (अग्र-उग्र), दूसरा (नम्र-सब्र, मौन-कम), तीसरा (विप्र-विलंब) या चौथा (समग्र व्यवहार) इनमें से कौन सा व्यवहार चुनना है। अगर आपको व्यवहार चुनाव की आज़ादी मिल जाती है और आप व्यवहार चुनाव के क्षेत्र में होश में आ जाते हैं तो आप जीवन रूपी ताजमहल को इसी जीवन में समग्रता से देखकर, आनंद बाँटकर, आनंदित जीवन जी पाएँगे।

आपका मनन प्रतिसाद :

* जिस प्रकार प्यास लगने से पहले कुआँ खोदना पड़ता है, उसी प्रकार सभी तरह के व्यवहारों की तैयारी भी पहले ही करनी चाहिए।

* छोटी से लेकर बड़ी चीज़ तक अगर आप सही व्यवहार करने के लिए पहले से तैयार हैं तो आप चौथा तरीका जानने लग गए हैं।

* वे बच्चे बहुत भाग्यशाली हैं, जिनके माता-पिता समग्र व्यवहार का

तरीका यानी पृथ्वी प्रतिसाद जानते हैं।

* जिन परिवारों में घर के सदस्य व्यवहार चुनाव कर पाते हैं, उन परिवारों में सुख-शांति, वैभव और संतुष्टि बनी रहती है।

* 'व्यवहार चुनाव आज़ादी क्षेत्र क्या है' यह सूत्र न जानने के कारण लोगों से व्यवहार करने में बड़ी गलती हो जाती है।

* चौथा तरीका इस्तेमाल करते हुए आप बहुत जल्द गलत आदतों (संस्कारों) के बंधनों से मुक्त हो जाएँगे।

* जब आप समग्र व्यवहार करना सीख जाएँगे तब आप अपने आप पर आत्मनियंत्रण रखना सीख जाएँगे, जिसे असली आज़ादी कहा गया है।

* पृथ्वी प्रतिसाद, आज़ादी का प्रतिसाद है। पृथ्वी प्रतिसाद में आपको सभी उँगलियों को इकट्ठा करके उसका उपयोग करने आना चाहिए।

कुदरत का अनोखा नियम

आप प्रेम और ध्यान के स्रोत हैं इसलिए यह समझ जाएँ कि 'जो देने से मिले, लेने से घटे। जो बिन फ्रेम (मान्यताओं) का प्रेम है, वही प्रेम नियम है।'

लोगों को लगता है कि देने से घटता है और लेने से बढ़ता है परंतु सत्य इसके विपरीत है। किसी को दिया गया प्रेम, समय व ध्यान देने से बढ़ता है। यह आपके द्वारा कुदरत को दिया गया विश्वास बीज (विश्वास के साथ किया गया कर्म) है। जब आप यह बीज बोते हैं तो कुदरत उसे कई गुना बढ़ाकर आपको वापस देती है। यह कुदरत का नियम है। इसलिए देने से घबराएँ नहीं।

इस प्रेम नियम को सदा याद रखें और लोगों को प्रेम, ध्यान और समय का दान दें। जिससे आपका लोक व्यवहार और सुंदर बनेगा।

अध्याय ग्यारह

समग्रता के साथ प्रतिसाद
दर्द और दुःख में योग्य व्यवहार

विचारों में छिपे भाव कर्म का अच्छा या बुरा फल लाते हैं इसलिए पहले अपनी भावना पर अपना व्यवहार सुधार लें यानी पवित्र भावना से व्यवहार करें।

समग्र व्यवहार हमें इस बात की समझ देता है कि 'दर्द हो पर दर्द का दुःख न हो' क्योंकि कभी-कभी शरीर में दर्द होना स्वाभाविक है लेकिन दर्द का दुःख होना मन का अज्ञान है।

शरीर में दर्द होना कुदरत के इशारे बताने का तरीका है। हमारे शरीर में क्या रोग पनप रहा है, यह संकेत कुदरत हमें करती है। पृथ्वी पर जीने का चौथा समग्र तरीका अगर आप इस्तेमाल करते हैं तो आपको कभी दर्द होगा भी तो दर्द का दुःख नहीं होगा। आप दर्द का सब्र से इलाज करवाएँगे लेकिन दर्द को अस्वीकार करके उसे बढ़ावा नहीं देंगे।

लोक व्यवहार के चौथे तरीके में आपको जब सुख होगा तब सुख जाने का दुःख नहीं होगा क्योंकि आपको पता है कि दर्द अलग है, दुःख अलग है, सुख जाने का दुःख अलग है। यदि आप चौथा तरीका जानते हैं तो दर्द होने के बाद आप यह नहीं कहेंगे कि 'मुझे क्यों दर्द हुआ... मुझे दर्द नहीं होना चाहिए था... यह दर्द बार-बार मुझे ही क्यों होता है?' यह सोचते रहने से दर्द दुःख बन जाता है, दुःख आदत बन जाती है।

समग्र व्यवहार आपको बताता है कि कैसे आप दर्द को दुःख न बनने दें और कैसे मौन, उपेक्षा और सब्र प्रतिसाद दें। दुःख में नम्र और सब्र प्रतिसाद देने से आपका दुःख कम होता है। जब आप सांत्वना पाने के लिए अपना दुःख बढ़ा-चढ़ाकर लोगों को बताते हैं तब आपके बताए हुए शब्दों का आप पर ही गलत असर होता है। बार-बार दोहराया गया झूठ भी सत्य प्रतीत होने लगता है। अतः आप सही समझ के साथ व्यवहार करें, शब्दों का सही चुनाव करें। हर एक को अपना दर्द बताते न फिरें मगर अपने डॉक्टर को ज़रूर बताएँ।

समग्र व्यवहार का जादू

समग्र व्यवहार से वाद-विवाद रुक जाते हैं, समस्याएँ सुलझ जाती हैं और कार्यक्षमता बढ़ जाती है। समग्र व्यवहार करने से बड़े से बड़े कार्य आसानी से होने लगते हैं। हर सफल इंसान जाने-अनजाने में समग्र व्यवहार करता है। यदि आप भी सफल इंसान बनना चाहते हैं और अपने मन के मालिक बनना चाहते हैं तो समग्र व्यवहार की कला सीखें। आगे दिए गए उदाहरण से समग्र व्यवहार का जादू क्या होता है, यह समझें।

चार तरह के लोग अलग-अलग तरीके से व्यवहार करते हैं और हर प्रतिसाद का असर क्या होता है, यह जानना समग्र व्यवहार सीखने में सहयोगी है।

एक बार चार साधु ध्यान करने के लिए एक गुफा में आकर बैठे। दिनभर वे दीवार की तरफ ध्यान लगाकर मौन में बैठे रहे। दूसरे दिन एक साधु ने सुबह देखा कि गुफा के बाहर, दरवाज़े के नज़दीक एक पौधा निकला है। उसने झट से कहा, 'इस पौधे में जो दो कलियाँ हैं वे कल खिलकर फूल बन जाएँगी।' चार घंटे के बाद दूसरे साधु ने पहले साधु के वक्तव्य पर प्रतिसाद यानी जवाब दिया और कहा, 'इस पौधे में दो नहीं तीन कलियाँ हैं और उनमें से एक कली खिल नहीं सकती।'

तीसरे साधु ने जो उनकी बातें सुन रहा था, गुस्से में कहा, 'मैं

यहाँ से जाता हूँ, आपकी छोटी-छोटी बातों पर वाद-विवाद करने की आदत मुझे पसंद नहीं, मैं तो चला।' यह कहकर वह चला गया।

चौथा साधु उन सबकी बातें सुन रहा था। जब उससे पूछा गया कि 'तुम्हें क्या लगता है, कौन सही है, कौन गलत है?' तब उसने कहा कि 'जो कली खिल नहीं सकती वह बाहर नहीं अंदर है।' यह सुनकर बाकी दो साधुओं को बड़ा आश्चर्य हुआ कि अंदर की कली यानी क्या? तब चौथे साधु ने रहस्य खोला, 'देखो, गुफा के छत पर एक छिपकली (छिप-कली) है। यह वह कली है जो खिल नहीं सकती।' यह जवाब सभी जवाबों से विप्र (अलग) था। यह जवाब सुनकर सभी हँसे और वाद-विवाद के तनाव से मुक्त हो गए।

इस उदाहरण में आपने अलग-अलग व्यवहार देखे। पहले साधु ने अग्रता से व्यवहार किया। उसने कली देखी और झट से अपनी राय कही। दूसरे साधु ने तीन कलियाँ देखकर भी नम्र और सब्र प्रतिसाद दिया, उसने चार घंटे के बाद कहा कि 'पौधे में दो नहीं, तीन कलियाँ हैं।' तीसरे साधु ने अग्र और उग्र प्रतिसाद दिया तथा गुस्से में आकर कहा कि 'मैं तो चला' और जो व्यवहार चौथे साधु ने किया, वह विप्र प्रतिसाद था। तीनों साधु बाहर की बात कर रहे थे और चौथा साधु अंदर की बात कर रहा था। चौथे साधु की बात सुनकर जब बाकी साधुओं को हँसी आई तब चौथे साधु ने समग्र व्यवहार किया और कहा, 'अब हम अगला कदम उठाएँगे, जो साधु रूठकर चला गया है, उसे मनाकर वापस लाएँगे।' सभी इस बात के लिए आसानी से राज़ी हो गए। यह है समग्र व्यवहार का जादू।

पृथ्वी प्रतिसाद सीखने के लिए आपको भी पहले लोगों को वाद-विवाद के विषय से बाहर निकालना चाहिए। बेवजह वाद-विवाद के समय तुरंत दूसरा विषय निकालना चाहिए, जैसे चौथे साधु ने छिपकली का विषय निकाला था। जब आप वाद-विवाद में फँसे लोगों को दूसरे विषय पर ले जाएँगे तब लोग थोड़ा नया सोचने के काबिल होंगे और

वाद-विवाद के विषय से आसानी से बाहर आ पाएँगे। उसके बाद लोगों को नम्र प्रतिसाद देकर बताना चाहिए कि उन्हें क्या करना चाहिए वरना लोग जब आपस में मिलते हैं तो इसकी-उसकी शिकायत और चुगली करते रहते हैं।

जब लोग मिलकर इसकी-उसकी शिकायतें करते हैं तब समग्र व्यवहार जाननेवाला इंसान बीच में कहता है कि 'शिकायत हम बाद में करेंगे, अब हम इस समस्या को सुलझाने के लिए क्या कर सकते हैं, यह सोचें, शिकायत से मुक्त होने की खोज करें।' चौथे साधु की तरह व्यवहार, चौथा तरीका इस्तेमाल करना सीखें और विश्व में खुशियाँ फैलाएँ।

कहाँ, कैसा व्यवहार करें

कुछ लोग सोचेंगे नम्र या सब्र व्यवहार करना बहुत अच्छा है, हर जगह यही व्यवहार करना चाहिए लेकिन यह व्यवहार हर जगह देना ठीक नहीं है। जैसे –

१) जब आप सर्दी के मौसम में नींद से उठते हैं और ठंढ बहुत ज़्यादा है, आपको अपने ऊपर से कंबल हटाना है तो आपको कौन सा प्रतिसाद देना चाहिए? उस समय इंसान यदि थोड़ा इंतज़ार करता है, सब्र करता है तो उसे पता चलता है कि सब्र करते-करते उसका एक घंटा बीत गया, वह एक घंटा और सोया।

यहाँ आपको सब्र नहीं बल्कि अग्र प्रतिसाद देना चाहिए। जब आप अग्रता से व्यवहार करके बिस्तर से बाहर आएँगे तो नींद भाग जाएगी और आप सोचने के लायक रहेंगे वरना तो आधी नींद में आप सोच भी नहीं पाएँगे।

२) आप नहाने के लिए स्नानगृह में गए हैं, सर्दी का मौसम है और गीज़र बंद है, नल में गरम पानी नहीं आ रहा है। ऐसी परिस्थिति में लोग अग्र व्यवहार करते हैं यानी तुरंत नाराज़ होते हैं। ऐसी परिस्थिति में अग्र व्यवहार नहीं करना चाहिए, वहाँ नम्र व्यवहार करना चाहिए। जैसे-'गरम पानी नहीं आ रहा है तो कोई बात नहीं,

आज ठंढे पानी से नहाने का नया प्रयोग करेंगे और देखेंगे कि बिना सिकुड़े या कम सिकुड़े क्या हम ठंढे पानी से नहा सकते हैं?' ठंढा पानी शरीर पर लगते ही शरीर सिकुड़ने लगता है लेकिन आप इस वक्त प्रयोग कर रहे हैं, जिस वजह से ऊपर कहा गया वाक्य, अपने आपसे कहते ही आप अपने अंदर बड़ा बदलाव महसूस करेंगे। आप गरम पानी न होने के दुःख से मुक्त हो जाएँगे या अपने दुःख को हँसते-हँसते ठंढा कर पाएँगे।

३) जब आप व्यायाम करते हैं तो अकसर नम्र और सब्र व्यवहार करते हैं कि 'कल व्यायाम करेंगे, आज समय नहीं है, काम पर भी जाना है... यह भी काम बाकी है... वह भी काम बाकी है... अतः हम कल व्यायाम करेंगे।' इस तरह व्यायाम न करके आप पीछे हट गए यानी आपने अग्र की जगह पर नम्र व्यवहार किया। व्यायाम के समय हमेशा आपको नम्र नहीं, अग्र व्यवहार का इस्तेमाल करना चाहिए और तुरंत व्यायाम शुरू करना चाहिए। कुछ समय बाद आप बिना किसी तकलीफ के व्यायाम करने की आदत अपने अंदर डाल पाएँगे, जो ज़िंदगीभर आपको स्वास्थ्य सुख देनेवाली है।

जीवन की घटनाओं में कुछ परिस्थितियाँ ऐसी आती हैं जहाँ हमें नम्र व्यवहार काम आता है। हर घटना में एक ही तरह का व्यवहार काम नहीं करता। समाचार पत्र में अगर कोई उत्तेजक समाचार है तो वहाँ नम्र व्यवहार करना चाहिए। कोई बुरी खबर मिली है तो वहाँ पर सब्र व्यवहार या कोई भी व्यवहार नहीं करना चाहिए, वहाँ आपको मात्र रुकना चाहिए, मौन रहकर सही समय का इंतज़ार करना चाहिए। दुःख, डर या लालच में कोई भी गलत व्यवहार नहीं करना चाहिए। आपके द्वारा कहा गया एक गलत वाक्य युद्ध का कारण बन सकता है। द्रौपदी ने दुर्योधन के प्रति एक बार गलत व्यवहार किया तो महाभारत का युद्ध हुआ।

जब आप चारों व्यवहारों पर प्रयास करने लग जाएँगे तब आपकी एक 'समग्र व्यवहार सूची' तैयार हो जाएगी जो आपको हमेशा सही व्यवहार करने में मदद करेगी। कहाँ पर कौन सा व्यवहार आपको

१००% बंधन से मुक्त करनेवाला है, यह एक बार निश्चित हो जाए तो यह खुद ब खुद आपके अंदर होने लग जाएगा। आपको यह जानकर आश्चर्य होगा कि अब कोई आपको अपशब्द बोलता है तो आपका पहले जैसा व्यवहार नहीं होता। अब सब कुछ नया, ताज़ा, तेज होगा। ऐसा इसलिए होगा क्योंकि आपने इस बात पर मनन किया है कि आज़ादी प्राप्त करने के बाद तथा व्यवहार चुनाव आज़ादी क्षेत्र जान लेने के बाद हम व्यवहार का चुनाव कर सकते हैं।

अब आपसे ऐसा नहीं होता कि आप सही व्यवहार का चुनाव कर नहीं पाते और यह नहीं कहते कि 'इसकी वजह से, उसकी वजह से ऐसा गलत कार्य हो गया।' अब आप होश में हर काम करते हैं क्योंकि आप घटना और क्रिया के बीच के अंतराल को महसूस कर पाते हैं। यदि आपको उस अंतराल को बढ़ाना है और गहराई से जीवन को समझना है तो ही आप सही व्यवहार कर पाएँगे।

अपनी संवेदनशीलता बढ़ाएँ

कर्म करने से पहले और घटना होने के बाद, बीच में जो समय है, वह बहुत छोटा सा स्थान है, उसमें ही सजग हो जाना है। इसी समय में होश के साथ कर्म किया जा सकता है। हालाँकि यह समय आपको बहुत छोटा सा लगेगा लेकिन यही समय बंधन मुक्ति का स्थान है। घटना हो गयी, आपने प्रतिक्रिया कर दी तो अब उसे आप बदल नहीं सकते। घटना होने के बाद, प्रतिक्रिया करने के पहले जो समय है, उस समय में सजग होने के लिए आपको अपनी संवेदनशीलता बढ़ानी चाहिए।

घटना होने के बाद और कर्म करने के बीच में जो स्थान है, वह छोटा या बड़ा आपकी संवेदनशीलता के अनुसार होता है। कुछ लोग चावल के दाने पर भी शब्द लिखते हैं। अगर आपके सामने चावल का दाना रखा और कहा, 'इस चावल पर कुछ लिखें' तो आप नहीं लिख पाएँगे क्योंकि आपको उस पर लिखने के लिए जगह ही दिखाई नहीं देती। जो इंसान संवेदनशील (कार्यकुशल) होगा, वह कहेगा, 'चावल पर बहुत जगह है, उस पर हम लिख सकते हैं।' ऐसे कलाकारों की कला

को आपने चावल के दानों पर देखा होगा। ये कलाकार लिखने की जगह कैसे ढूँढ़ पाए!

चावल के दाने पर लिखनेवाले कलाकार ने अपनी नज़र और ब्रश पकड़नेवाले हाथ को प्रशिक्षण दिया है इसलिए वह चावल पर भी लिख पाता है। आपको आश्चर्य होता है कि यह कैसे संभव हुआ, उसी तरह आपको भी अपने जीवन में उस छोटे क्षण को, जो घटना होने के बाद और क्रिया करने से पहले मौजूद होता है, पकड़ना सीखना है। यही कला व्यवहार कुशलता की कला बनेगी।

आपका मनन प्रतिसाद :

* पृथ्वी पर जीने का चौथा समग्र तरीका इस्तेमाल करने से, आपको कभी दर्द होगा भी तो दर्द का दुःख नहीं होगा। आप दर्द का सब्र से इलाज करवाएँगे लेकिन दर्द को अस्वीकार करके उसे बढ़ावा नहीं देंगे।

* अगर व्यवहार चुनाव की आज़ादी आपको मिल गई तो दुनिया की कोई ताकत आपको दुःखी नहीं कर सकती।

* शरीर में दर्द होना स्वाभाविक है मगर दर्द का दुःख होना मन का अज्ञान है।

* दुःख में नम्र और सब्र रहकर व्यवहार करने से दुःख कम होता है।

* सही समझ के साथ सही व्यवहार करने के लिए शब्दों का सही चुनाव करें।

* यदि आप सफल इंसान बनना चाहते हैं और अपने मन के मालिक बनना चाहते हैं तो समग्र व्यवहार की कला सीखें।

* जब आप चारों व्यवहारों पर प्रयास करने लग जाएँगे तब आपकी एक 'समग्र व्यवहार सूची' तैयार हो जाएगी, जो आपको हमेशा सही व्यवहार करने में मदद करेगी।

* समग्र व्यवहार करने का जो फल आता है, वह फल इंसान को मोक्ष की तरफ ले जाता है और वह इंसान सबको आनंद देकर खुद भी हमेशा आनंद में रहता है।

पहले सवाल, फिर व्यवहार

हर वह विचार, व्यक्ति, घटना, बात मंथरा है, जो आपको सत्य और प्रेम से दूर ले जाने का प्रयास करती है। तो अब सवाल यह उठता है कि ऐसे अलग-अलग रूपोंवाली बहुरूपिया मंथरा से कैसे बचा जाए? इसका जवाब है, 'सजग होकर'। अर्थात जब भी मंथरा का वार होता दिखाई दे तो उसके प्रति सजग होकर सवाल पूछें, उसकी पूछताछ करें।

मान लीजिए, आपको विचार आया कि 'फलाँ इंसान मुझे सम्मान नहीं देता है' और यह विचार आपको दुःख देने लगता है तो तुरंत इसे पहचान लें कि 'यह मंथरा आ गई है।' यहाँ पर सजग होकर स्वयं से पूछें कि 'क्या मैं स्वयं का सम्मान करता हूँ?' स्वयं को सम्मान देने का अर्थ है अपने शरीर को सही भोजन, उचित व्यायाम तथा योग्य विचार देना। साथ ही शरीर को दुर्व्यसनों से बचाना। जब आप स्वयं को सम्मान देंगे तभी दूसरे भी आपको सम्मान देंगे।

इस तरह आंतरिक और बाहरी मंथराओं को तुरंत पहचान लें। साथ ही खोज करके गलतफहमियों को पनाह देने से बचें ताकि आपका लोक व्यवहार दोषरहित हो जाए।

अध्याय बारह

कृष्ण प्रतिसाद देना सीखें
लोक व्यवहार की छूटी हुई कड़ी

सत्य का दान वह ज्ञान है जो आपको
जीवन की यात्रा में पृथ्वी लक्ष्य प्रदान करता है इसलिए
सत्य का दान, जो गुरु से मिलता है,
उसका ध्यान से योग्य स्थान पर उपयोग करें।

कृष्ण प्रतिसाद लोक व्यवहार की छूटी हुई कड़ी है इसलिए इसे समझने के लिए अनेक उदाहरणों की ज़रूरत है। नीचे दिए गए उदाहरण से इस कला को समझने का प्रयास करें।

किसी ट्रेन के एक डिब्बे में काफी भीड़ थी। लोग धक्का-मुक्की करके अंदर चढ़ रहे थे। ऐसा दृश्य आपने कई बार देखा होगा। अब समझें कि ऐसी अवस्था में वहाँ उपस्थित लोगों ने एक-दूसरे से किस प्रकार व्यवहार किया। ट्रेन में एक इंसान धक्के खाकर किसी तरह जब अंदर चढ़ा तो आते ही उसने कहा कि 'इस डिब्बे में तो सब जानवर भरे हुए हैं।'

यह सुनकर दूसरे इंसान ने गुस्से में तुरंत उसे ताना मारा, 'हाँ भई! जानवर भरे हैं सिर्फ गधे की कमी थी, अब वह भी आ गया।'

इस पर तीसरे इंसान ने गुस्से में आए हुए इंसान से कहा, 'इस डिब्बे में एक आँखों का डॉक्टर भी है, ज़रा अपनी-अपनी आँखों की जाँच करवा लो।'

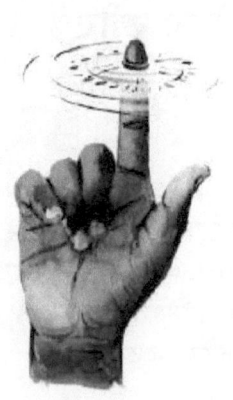

इस पर चौथे इंसान ने पहले इंसान से कहा, 'यहाँ सब जानवर भरे पड़े हैं, सिर्फ एक रिंग मास्टर की ज़रूरत थी। अब तुम अपनी कला से सबको शांत करो।'

इस उदाहरण से समझें कि ट्रेन की भीड़-भाड़ में लोगों ने अपने-अपने प्रतिसाद दिए मगर क्या उन प्रतिसादों से होनेवाली दिक्कतें दूर हुईं? चौथा इंसान जो कृष्ण प्रतिसाद दे सकता है, जो सभी प्रतिसादों का सही इस्तेमाल करना जानता है कि कब अग्र-उग्र प्रतिसाद, कब नम्र-सब्र प्रतिसाद और कब विप्र-विलंब प्रतिसाद और कब समग्र प्रतिसाद देना चाहिए, वही सही व्यवहार कर पाता है। कृष्ण प्रतिसाद देने का जो फल आता है, वह फल इंसान को मोक्ष की तरफ ले जाता है। ऐसा इंसान सबको आनंद देकर हमेशा आनंद में रहता है।

कृष्ण, मुद्रा और प्रतिसाद

आप भगवान कृष्ण के किरदार को जानते हैं कि महाभारत में उनका प्रतिसाद कैसा था। महाभारत में कोई अनुमान लगा नहीं सकता कि श्रीकृष्ण ने कहाँ और क्यों अग्र, विप्र या विलंब प्रतिसाद दिया। श्री कृष्ण ने अथाह बल होते हुए भी रुककर और झुककर व्यवहार क्यों किया?

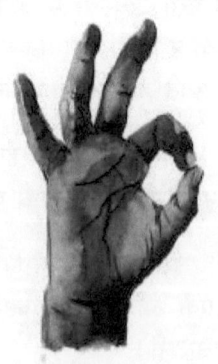

आप जानते हैं कि उन्होंने अपनी

चौथी उँगली सुदर्शन चक्र के लिए इस्तेमाल की।

इसी चौथी उँगली को यदि अंगूठे के साथ मिलाया जाए तो ध्यान की मुद्रा बनती है। ध्यान मुद्रा- मौन प्रतिसाद का रूप है।

इस चौथी उँगली में यदि सुदर्शन चक्र रखा जाए तो यह इशारा है दुश्मन को सही ढंग से उग्र प्रतिसाद देने का।

यही चौथी उँगली हमें दिशा दिखाने के काम भी आती है। इस तरह यह ज्ञान के लिए मार्गदर्शन का प्रतीक बनती है।

इस तरह आप ज्ञान और ध्यान के साथ समग्र व्यवहार करके जीवन में आगे बढ़ते हैं।

जैसा देश वैसा भेष, जैसे को तैसा

एक सर्वेक्षण में लोगों से पूछा गया कि आप खाली समय में क्या करते हैं? गुस्सा आता है तो क्या करते हैं? कई बार तो लोगों को भी पता नहीं होता कि वे खाली समय में और गुस्से के समय में क्या करते हैं? किस मान्यता में गुस्सा करते हैं?

जब लोगों को मनन करने का मौका मिलेगा कि खाली समय आए तो मुझे क्या करना चाहिए? गुस्सेवाला समय आए तो मुझे क्या करना चाहिए? तो वे नया प्रतिसाद सोच पाएँगे वरना हमेशा बेहोशी में ही जीएँगे। घटना और क्रिया के बीच के अंतराल का ज्ञान प्राप्त करने के लिए पहले तो उन्हें सावधानी बरतनी चाहिए और घटना का स्वीकार भाव होना चाहिए। घटना को स्वीकार करते ही हमारा मन शांत और तीक्ष्ण हो जाता है। तीक्ष्ण मन ही व्यवहार चुनाव आज़ादी क्षेत्र को ढूँढ़ पाता है।

जो घटना जैसे हुई है उसे वैसे स्वीकार करें क्योंकि स्वीकार में ही सुख है, आनंद है और अस्वीकार में दुःख है। पहले स्वीकार करके आप अपने दोनों हाथों को समस्या सुलझाने के लिए खोल देते हैं। दोनों हाथ खुल गए तो आप समस्या को शांत मन द्वारा, सही ढंग से सुलझा सकते

हैं और कृष्ण प्रतिसाद दे सकते हैं।

इस तरह जब आप हर तरह के व्यवहार पर काम करके आगे चलेंगे तो जो आप संसार रूपी ताजमहल देखने आए थे, जिसमें आप सारे कमरे देख रहे थे, हर दरवाज़े के सामने अलग-अलग प्रतिसाद दे रहे थे, वह ताजमहल 'तेजमहल' बन जाएगा। यदि इस ताजमहल को तेज महल बनाना है तो हमें समझना है कि कहाँ, कैसा व्यवहार करना चाहिए। बीमारी सच्ची है तो सच्चा इलाज किया जाए और बीमारी झूठी है तो झूठा इलाज किया जाना चाहिए यानी जहाँ जिस चीज़ की आवश्यकता है, वहाँ उस चीज़ का इस्तेमाल किया जाना चाहिए। जहाँ जो इलाज ज़रूरी है वहाँ वह इलाज किया जाए तो योग्य परिणाम आते हैं।

एक औरत की मान्यता थी कि उसे कमर दर्द है परंतु उसे दर्द नहीं था। जब डॉक्टर ने उसे बताया कि 'यह कमर दर्द बुढ़ापे की निशानी है' तो वह तुरंत ठीक हो गई क्योंकि उसके लिए यह बात बिलकुल बरदाश्त के बाहर थी कि वह बूढ़ी हो रही है। झूठी बीमारी इस तरह की पंक्ति से ठीक होती है। झूठी बीमारी के लिए डॉक्टर ने झूठा इलाज किया। यदि उसे सच्ची बीमारी होती तो इस तरह झूठ बोलने से वह स्त्री ठीक नहीं होती। स्त्री-पुरुष, बच्चे-बूढ़े सभी अपने-अपने स्वभाव अनुसार व्यवहार चाहते हैं। कृष्ण प्रतिसाद सभी के लिए समग्र व्यवहार का तरीका है।

बच्चे के साथ आप बात कर रहे हैं तो वहाँ आपका व्यवहार अलग होगा, बूढ़े के साथ आप बात कर रहे हैं तो वहाँ आपका व्यवहार अलग होगा, स्त्री के साथ बात कर रहे हैं तो वहाँ आपका व्यवहार अलग होगा, पुरुष के साथ बात कर रहे हैं तो वहाँ आपका व्यवहार अलग होगा। हर जगह आपका व्यवहार परिस्थिति अनुसार बदलता जाएगा। अब लोक व्यवहार के चार तरीके जानकर आपका व्यवहार हर जगह होश और विवेक से भरपूर होगा।

जहाँ जिस तरह का इंसान होता है, वहाँ उस तरह का व्यवहार करना चाहिए। यहाँ पर यह कहावत चरितार्थ होती है कि 'जैसा देवता वैसी पूजा,

जैसा देश वैसा भेष।' वरना देश देखकर भेष बदलने से कहीं आप माया के गड्ढे में न गिर जाएँ।

कृष्ण प्रतिसाद देने के लिए जीवन के चार महत्वपूर्ण पहलू जानने भी ज़रूरी हैं। ये चार पहलू आपको खुद की पहचान करवाएँगे और आपके विचार, आचार और उच्चार कैसे हैं, यह महसूस करवाएँगे। जिनकी जानकारी अगले अध्याय में दी गई है।

आपका मनन प्रतिसाद :

* कृष्ण प्रतिसाद देने का जो फल आता है, वह फल इंसान को मोक्ष की तरफ ले जाता है। ऐसा इंसान सबको आनंद देकर हमेशा आनंद में रहता है।

* श्रीकृष्ण ने अथाह बल होते हुए भी रुककर और झुककर व्यवहार किया।

* चौथी उँगली को अंगूठे के साथ मिलाएँगे तो ध्यान की मुद्रा बनती है जो मौन प्रतिसाद का रूप है।

* जो घटना जैसे हुई है उसे वैसे स्वीकार करें क्योंकि स्वीकार में ही सुख है, आनंद है और अस्वीकार में दुःख है।

* घटना को स्वीकार करते ही हमारा मन शांत और तीक्ष्ण हो जाता है। तीक्ष्ण मन ही व्यवहार चुनाव आज़ादी क्षेत्र को ढूँढ़ पाता है।

* बीमारी सच्ची है तो सच्चा इलाज किया जाए और बीमारी झूठी है तो झूठा इलाज किया जाना चाहिए। जहाँ जो इलाज ज़रूरी है वहाँ वह इलाज किया जाए तो योग्य परिणाम आते हैं।

* लोक व्यवहार के चार तरीके जानकर आपका व्यवहार हर जगह होश और विवेक से भरपूर होगा।

क्या नम्रता कमज़ोरी है?

कभी भी, किसी भी बात के कारण मन में अहंकार को स्थान देकर अंदर ही अंदर कुढ़ते न रहें। अहंकार लोक व्यवहार में बड़ी दीवार है।

अहंकार से मुक्ति पाकर इंसान जो शक्ति प्राप्त करता है- वह है पवित्रता और नम्रता की शक्ति। आपके मन में यह सवाल उठ सकता है कि नम्रता शक्ति है या कमजोरी! औसतन लोगों की यही धारणा है कि नम्रता कमजोरी की निशानी है। लेकिन नम्रता तब कमजोरी बनती है, जब वह अज्ञान और आसक्ति से जन्म लेती है।

नम्रता की शक्ति को पहचानकर इंसान का लोक व्यवहार बेहतरीन बन जाता है और वह रिश्तों में सफलता की ऊँचाइयाँ छू पाता है।

अध्याय तेरह

समग्र व्यवहार के पहलू
आंतरिक प्रतिसाद - भाग १

इंसान का बाहरी व्यवहार दिखाई देता है
लेकिन अंदर का व्यवहार लोगों को दिखाई नहीं देता।
इसी वजह से इंसान का आंतरिक विकास जल्दी नहीं होता।

लोक व्यवहार के चार तरीके समझकर आपने हर इंसान के साथ, हर घटना में योग्य प्रतिसाद देने की कला सीखी। इस कला को व्यवहार कुशलता की कुँजी कहते हैं। आपका व्यवहार अंदर-बाहर समग्रता और सजगता से होना चाहिए। बाहर का व्यवहार दिखाई देता है लेकिन अंदर का व्यवहार लोगों को दिखाई नहीं देता। इसी वजह से इंसान का आंतरिक विकास जल्दी नहीं होता। समग्र व्यवहार की समझ पाकर आप जीवन के हर पहलू पर विकास करें, यही इस पुस्तक का मकसद है।

इंसान के जीवन में पहला पहलू भावनात्मक विचारों का है। विचारों में छिपे भाव कर्म का अच्छा या बुरा फल लाते हैं इसलिए पहले पहलू पर अपना व्यवहार सुधार लें।

नकारात्मक विचार आते ही विलंब या विप्र व्यवहार करें। नकारात्मक विचारों पर अग्र या उग्र प्रतिसाद देकर इंसान नकारात्मक भावनाओं का शिकार हो जाता है। ये भावनाएँ इंसान को केवल उस

वक्त तकलीफ नहीं देतीं बल्कि वे आनेवाले भविष्य पर भी बुरा असर डालती हैं। नकारात्मक भावना आपको चुंबक से पीतल बना देती है। चुंबक उज्ज्वल भविष्य का निर्माता है तो पीतल असफलता का जन्मदाता है। किसी भी विचार को चुंबकीय अथवा पीतलमय बनाने के लिए हमारी भावनाएँ ज़िम्मेदार हैं। इसलिए अपने भावनात्मक विचारों पर तुरंत अनुमान न लगाएँ। भावनाओं में बहकर गलत निर्णय लेने का प्रतिसाद, लोक व्यवहार का दुश्मन है। आज की युवा पीढ़ी में यह दुश्मन छिपकर वार कर रहा है। हर नौजवान में इस दुश्मन से जूझने का ज्ञान होना चाहिए।

भावनाओं की योग्य समझ न होने के कारण कुछ नौजवान अपने मित्रों की समस्याएँ सुलझाते-सुलझाते खुद ही उनमें उलझ जाते हैं। मित्र को सांत्वना देते-देते उसके दुःख की भावना, मदद करनेवाले इंसान पर ही हावी हो जाती है। सच्ची मित्रता निभानी है तो अपने मित्र को आत्मनिर्भर बनने में मदद करें। आपकी हमदर्दी, आपका ध्यान कहीं उन्हें अपाहिज तो नहीं बना रहा है? यह सवाल अपने आपसे पूछकर व्यवहार करें। कभी-कभी प्रतिसाद न देकर भी आप योग्य प्रतिसाद दे पाते हैं। अपने मित्रों के दुःख सुन-सुनकर आप उन्हें सदा अपना दुखड़ा सुनाने की आदत न डालें। उन्हें अच्छी पुस्तक पढ़ने की प्रेरणा दें। दोस्ती का वास्ता देकर उन्हें महान हस्तियों की आत्मकथाएँ सुनने और पढ़ने की आज्ञा (सलाह) दें।

कई बार यही मित्र शरीरहत्या करने की धमकी देकर आपको ही धमकाने लगते हैं इसलिए शुरू में ही सजग हो जाएँ वरना असजग इंसान जब इस बात के लिए सजग होता है तब तक बहुत देर हो चुकी होती है।

डूबनेवाले को बचाने के लिए पहले आपको तैरना आना चाहिए। दूसरे को डूबता देख इंसान बिना यह सोचे कि 'मुझे तैरना नहीं आता', अग्र प्रतिसाद देता है। यह प्रतिसाद उसके लिए घातक सिद्ध होता है। भावनाएँ हमें सफलता के शिखर तक पहुँचा सकती हैं तो अंधकार की खाई में भी ढकेल सकती हैं। इन भावनाओं पर समग्र व्यवहार की नकेल

लगानी आवश्यक है।

मौन प्रतिसाद में अपने विचारों को साक्षी भाव से देखने की कला सीखें। साक्षी भाव जगते ही विचारों से जुड़ा लगाव कम होने लगता है। विचारों के प्रति कर्ताभाव, मौन प्रतिसाद की वजह से मिटने लगता है। विचारों से लगाव मिटते ही गलत भावना विलीन हो जाती है और आप मुक्ति के आनंद में सभी को सही प्रतिसाद दे पाते हैं।

सत्य की खोज करनेवाले हर इंसान को आंतरिक प्रतिसाद, जो अपने भावनात्मक विचारों को दिया जाता है, सीखना पड़ता है। बिना इस प्रतिसाद के कोई भी इंसान सत्य प्राप्त नहीं कर सकता। भगवान बुद्ध ने छ: साल और भगवान महावीर ने बारह साल, अपनी साधना के दौरान इस प्रतिसाद का भी अभ्यास किया। ध्यान में बैठनेवाले हर खोजी को इस प्रतिसाद की योग्य कला सीखनी है।

डरानेवाले विचारों को उपेक्षा प्रतिसाद दें यानी उन्हें नज़रअंदाज़ करना सीखें। जिन विचारों को हम अग्र प्रतिसाद देते हैं वे हमारे ध्यान की शक्ति पाकर मोटे हो जाते हैं। मोटे विचार मन को भी मोटा बना देते हैं। मोटा मन अहंकार और सुस्ती का पुतला बन जाता है। यह पुतला पीतल बनकर अंधकारमय जीवन आकर्षित करता है। पीतल को चुंबक बनाने के लिए उपेक्षा, मौन, विलंब और विप्र प्रतिसाद देना सीखें।

दुःख के विचारों में तुरंत, खुशी की भावना का सिमरण करें। इस व्यवहार को विप्र प्रतिसाद कहते हैं। खुशी की भावना उज्ज्वल भविष्य को आकर्षित करती है। शुरू-शुरू में ऐसा व्यवहार आपके लिए कठिन होगा लेकिन श्रद्धा और निरंतर अभ्यास से आप इस कला में निपुण हो जाएँगे।

इंसान के जीवन में भावनात्मक विचारों के अलावा तीन और पहलू भी हैं। कुल मिलाकर चार पहलुओं पर अपने व्यवहार को साधना यानी संतुलित करना शुरू करें। ये चार पहलू विचार, उच्चार, आचार और संचार

हैं। इन चारों पहलुओं में हर पहलू के चार भाग होते हैं।

१ विचारों के चार प्रकार

इंसान के विचारों को चार प्रमुख प्रकारों में विभाजित किया जा सकता है।

एक : कलाबी विचार –

कलाबी विचारों में सिर्फ मन की कलाबाजियाँ होती हैं। कलाबी विचारों से भरा मन तोलू मन कहलाता है। तोलू मन (तुलना, तौलना तोड़नेवाला कॉन्ट्रास्ट मन) के विचार सदा दुःख लाते हैं क्योंकि वे विचार हमेशा तुलना करते हैं। तोलू मन हर बात को अपनी समझ और मान्यता अनुसार तोड़ता और तौलता रहता है। कल-कल की कलाबाजियाँ लगाकर कलाबी विचार केवल उलझन और निराशा की भावना निर्माण करते हैं।

दो : मायावी विचार –

जिन विचारों के साथ 'मैं, मेरा, मुझे, तू, तेरा, तुझे, वह, उन्हें' इस तरह के शब्द जुड़े होते हैं, वे विचार मायावी विचार होते हैं। इन विचारों से अहंकार का जन्म होता है। ये विचार इंसान को असली मैं से दूर रखते हैं इसलिए इन्हें मायावी विचार कहा गया है। माया यानी 'मैं' आया। ऐसे विचार जब इंसान में चलते हैं तब उसका व्यवहार अहंकारयुक्त होता है।

तीन : क्रियावी विचार –

इंसान से क्रिया करवानेवाले विचार, क्रियावी विचार हृदय (तेजस्थान) से आते हैं, जिन पर वह तुरंत क्रिया करता है। ये विचार हर शरीर में दिए जाते हैं ताकि विश्व के सारे कार्य सहजता से हो पाएँ। ये विचार सहज मन की उपज हैं।

चार : सत्यावी विचार –

सत्यावी विचार जब चलते हैं तब वे ईश्वरीय विचार होते हैं। इन विचारों में असली सत्य (ईश्वर) के विचार चलते हैं। इंसान पृथ्वी पर क्यों आया है? हर काम करने के पीछे उसका मूल लक्ष्य क्या है? क्या वही लक्ष्य प्राप्ति की ओर वह बढ़ रहा है? इन सभी सवालों के जवाबों पर जब इंसान का मनन और मनन उपासना होती है तब उसके अंदर सत्यावी विचार चलते हैं। जब आप सत्य सुनते हैं, श्रवण उपासना करते हैं तब आपको इस तरह के सत्यावी विचार आते हैं। ऐसे विचार आपको असली लक्ष्य की याद दिलाते हैं और आपका व्यवहार भक्तियुक्त हो जाता है।

२ उच्चार के चार प्रकार

विचारों के साथ उच्चार भी उतना ही महत्वपूर्ण होता है, जिससे आपका लोगों के साथ अच्छा या बुरा संबंध बना रहता है। हमारी वाणी का असर लोगों पर तुरंत होता है इसलिए हमारे शब्द हमारी दुनिया बदल सकते हैं। वाणी के भी चार प्रकार होते हैं।

एक : रूखी –

कुछ लोगों की वाणी रूखी होती है। ऐसे लोग अहंकार से भरा हुआ व्यवहार करते हैं। वे लोग दिनभर दुःखी रहते हैं, उनसे जो भी शब्द निकलते हैं, वे रूखे होते हैं। ऐसे लोग कम होते हैं जो कष्ट में होने के बावजूद भी मीठा बोलते हैं।

दो : कठोर –

अगर इंसान का मन मोटा और अहंकार मज़बूत हो गया है तो उसकी वाणी से बहुत ही कठोर शब्द निकलते हैं। क्रोध और नफरत में इंसान कठोर वाणी का इस्तेमाल करता है। ये शब्द कमान से निकले हुए तीर के समान हैं, जो कभी वापस नहीं आ सकते। वाणी से निकले गलत

शब्द सुननेवाले तथा बोलनेवाले के लिए हानिकारक सिद्ध होते हैं। इन शब्दों को बोलनेवाले आगे चलकर हमेशा पछताते हैं।

तीन : समदृष्टि (तटस्थ) –

जब इंसान सहज मन से कार्य करता है तो उससे तटस्थ शब्द निकलते हैं, जिनमें न रूखापन होता है, न ही प्रेम। उदा. 'पंखा चालू करो', 'मैं कल आऊँगा', 'खाने में एक चम्मच नमक डालो' इत्यादि।

चार : प्रेममय –

उच्चार के चौथे प्रकार में प्रेम से शब्द निकलते हैं। प्रेम से निकले हुए शब्द भक्तियुक्त व्यवहार को दर्शाते हैं। भक्ति के कारण इंसान से श्रद्धायुक्त, मधुर शब्द सहज ही निकलते हैं।

इस तरह इंसान के मुख से चार प्रकार की वाणी निकलती है। सभी स्वयं के लिए देखें कि वे कहाँ पर हैं? विचारों में हमें कौन से विचार आते हैं? हमें सत्यावी विचार आते हैं यानी हमारे विचार चौथे स्तर पर हैं। वाणी में यह जाँचें कि हम से भक्तियुक्त वाणी निकल रही है या नहीं या सदा रूखी और कठोर वाणी निकलती है?

३ आचार के चार प्रकार

विचार और उच्चार के बाद महत्वपूर्ण है 'आचार'। आचार यानी हमारा आचरण, व्यवहार। इंसानी व्यवहार के चार प्रकार बताए गए हैं, जिनमें क्रिया के प्रति होश जागना आवश्यक है। ये चार प्रकार हैं :

एक : नकारात्मक (निगेटीव) –

इस तरीके में इंसान द्वारा अपने तथा औरों के लिए नकारात्मक और दुःख देनेवाली क्रिया होती है। इस तरह की क्रियाएँ विश्व में निराशा, दुःख और आतंक फैलाती हैं।

दो : सकारात्मक (पॉजिटिव) –

सकारात्मक व्यवहार लोगों का फायदा हो, भला हो यह सोचकर किया जाता है। सकारात्मक क्रियाएँ विश्व को विकास की दिशा में आगे बढ़ाती हैं। सकारात्मक आचरण से विश्व में सुख-सुविधा तथा सुरक्षा की भावना बढ़ती है। सत्य आचरण से सबका मंगल होता है।

तीन : समदृष्टि (तटस्थ) –

तटस्थ व्यवहार सहज मन से निकलता है। वह न अहंकार से भरा हुआ होता है और न ही प्रेम से भरा होता है। सामान्य व्यवहार में सहज मन से क्रियाएँ होती हैं। उदा. नहाना, कपड़े धोना, ऑफिस के कार्य करना, खरीददारी करना, भोजन करना, व्यायाम करना इत्यादि।

चार : भक्तियुक्त –

चौथे तरह का आचार भक्तियुक्त व्यवहार है। इस तरह के व्यवहार में सबको एक मानकर प्रेमयुक्त आदर दिया जाता है। सच्चे प्रेम में इंसान के भक्ति को मंज़िल मिलती है और भक्ति अपने मुकाम तक पहुँचती है। इसमें इंसान की क्रियाएँ भक्तियुक्त होती हैं। इसमें अपनी व्यक्तिगत इच्छा पूरी करने के लिए व्यवहार नहीं किया जाता बल्कि 'ईश्वर की इच्छा ही मेरी इच्छा है (Thy will is my will)', यह समझ होती है। 'ईश्वर का आनंद ही मेरा आनंद है (Thy happiness is my happiness)' इस समझ से हर जीव और वस्तु के साथ, भक्तियुक्त व्यवहार बड़ी सहजता और सरलता से होता है।

जीवन के चार प्रमुख पहलुओं में से चौथा पहलू जानने के लिए अगले अध्याय में खोज करें।

आपका मनन प्रतिसाद :

* जो विचार इंसान को असली 'मैं' से दूर रखते हैं, उन्हें मायावी विचार कहा गया है। माया यानी 'मैं' आया।

- विचार हर शरीर में दिए जाते हैं ताकि विश्व के सारे कार्य सहजता से हो पाएँ। भावनात्मक विचारों को अलगाव के ज्ञान से प्रतिसाद दें।

- सत्यावी विचार जब चलते हैं तब वे ईश्वरीय विचार होते हैं। झूठ और कपट से भरे विचार ईश्वर से परे ले जाते हैं।

- हमारे शब्द हमारी दुनिया बदल सकते हैं। लिखित शब्द हमारे व्यवहार को बदल सकते हैं इसलिए प्रेरणादायी पुस्तकें पढ़ने की आदत निर्माण करें।

- वाणी से निकले गलत शब्द सुननेवाले तथा बोलनेवाले के लिए हानिकारक सिद्ध होते हैं। इन शब्दों को बोलनेवाले लोग आगे चलकर हमेशा पछताते हैं।

- प्रेम से निकले हुए शब्द भक्तियुक्त व्यवहार दर्शाते हैं।

- नकारात्मक और दुःख देनेवाली क्रियाएँ विश्व में निराशा, दुःख और आतंक फैलाती हैं।

- सकारात्मक आचरण से विश्व में सुख-सुविधा तथा सुरक्षा की भावना बढ़ती है।

- सच्चे प्रेम में इंसान के भक्ति को मंज़िल मिलती है और भक्ति अपने मुकाम तक पहुँचती है।

मिलनसार व्यवहार

हँसता हुआ इंसान मिलनसार होता है, वह सबको पसंद आता है। रोता हुआ इंसान अकेले रोता है, वह सबको बोझ लगता है। लोगों का दिल यदि जीतना हो तो मुस्कराना और हँसना सीखें।

दरअसल हँसना इंसान का स्वभाव है परंतु कुछ लोग दूसरों को तकलीफ देने के लिए हँसते हैं। ऐसी हँसी व्यर्थ है। इसलिए कभी भी दूसरों की कमज़ोरियों को हास्य का विषय न बनाएँ।

अपनी गलती पर हँसने से समझ की शुरुआत होती है और विवेक जागृत होता है। हँसनेवाले इंसान को कभी किसी को सताने की आवश्यकता नहीं पड़ती। रोता हुआ इंसान ही किसी और को काँटे चुभो सकता है। हँसता हुआ इंसान तो केवल फूल ही बरसा सकता है। इसलिए सदा दूसरों के साथ हँसते-मुस्कुराते हुए रहें और अपने लोक व्यवहार को फूल की तरह खिलते हुए देखें।

अध्याय चौदह

समग्र व्यवहार के पहलू
व्यापार और संचार - भाग २

> नकारात्मक भावना आपको
> चुंबक से पीतल बना देती है।
> चुंबक उज्ज्वल भविष्य का निर्माता है
> तो पीतल असफलता का जन्मदाता है।

जीवन के चार प्रमुख पहलुओं में से चौथा पहलू है संचार। संचार यानी आजीविका के लिए पैसा कमाना। इसे आजीविका लक्ष्य भी कहते हैं। आजीविका लक्ष्य वह लक्ष्य है, जिसमें इंसान अपने पेट और सहज मन के लिए वह कार्य चुनता है, जो उसे पैसे के अलावा कर्म करने की संतुष्टि भी देता है। हर इंसान को अपना जीवन चलाने के लिए आजीविका लक्ष्य की आवश्यकता होती है।

आजीविका लक्ष्य तीन तरह से लिया जाता है। पहले तरीके में संसार आपके लिए निर्णय लेता है कि आप क्या बनकर आजीविका कमाएँ। हमारे पूर्वज जो कार्य करते थे, वही कार्य आपको करने होते हैं या वे जो नहीं बन पाए, वह आपको बनना होता है। उदा. अगर किसी के घर में कोई डॉक्टर नहीं बन पाया तो उसे डॉक्टर बनने के लिए ज़ोर-ज़बरदस्ती से प्रेरित किया जाता है।

दूसरे तरीके में आप अपना निर्णय अपने मित्रों के जीवन को देखकर, टी.वी. सीरियल्स, फिल्मी विज्ञापनों और फिल्मी उपन्यासों की

कहानियों को देख और सुनकर लेते हैं कि आप क्या बनें।

तीसरे तरीके में कुदरत यानी ईश्वरीय शक्ति आपके लिए निर्णय लेती है कि आप अपनी आजीविका के लिए कौन सा कार्य चुनें। तीसरे तरीके में आप अपने मूल स्वभाव को जानकर निर्णय लेते हैं। अपने शरीर के स्वभाव अनुसार लिया गया निर्णय सच्चा निर्णय नहीं है। शरीर से परे, अपने आपको जानकर लिया गया निर्णय ही सच्चा संचार है।

इंसान का संचार कैसा होना चाहिए, इसे अब चार संचार के ज्ञान से समझें।

एक : तमोगुणी –

तमोगुणी संचार यानी ऐसा व्यापार जिसमें तमस बढ़ता है। कुछ लोग ब्लैकमेल करने का धंधा करते हैं, वह तमस बढ़ानेवाला व्यापार और संचार है। कुछ लोग दूसरों की हत्याएँ करने के लिए बारूद और हथियार बनाते हैं और पैसा लेकर हत्याएँ करते हैं, यह तमस व्यापार है।

ऐसे लोग जो पैसा कमाते हैं उसके पीछे अहंकार होता है। ऐसे लोग दुनिया से सताए हुए हो सकते हैं जो गलत मान्यताओं से, नकारात्मक विचारों से और गलत परवरिश से बनते हैं। इस तरह काम करनेवाले लोग तमोगुणी होते हैं यानी वे बड़े पैमाने पर या छोटे पैमाने पर व्यापार तो करते हैं मगर उससे विश्व में धोखाधड़ी ही बढ़ती है।

जुआ घर चलानेवाले तमोगुणी व्यापारी जीतनेवाले को पैसा देते हैं मगर जुए की वजह से जीतनेवाले में गलत आदतें और वृत्तियाँ फैलती हैं। जुआ खेलनेवाला इंसान तमोगुणी बनता जाता है क्योंकि उसके पास आसानी से पैसा आ रहा है। आगे चलकर वह अपना सब कुछ लुटाकर ही दम लेता है।

कोई इंसान जब शराब बेचता है तब वह व्यापार तमोगुणी संचार है। 'शराब पीनेवाले कितने प्रतिशत लोग जाकर अच्छे कार्य करनेवाले

हैं?' यह शराब बेचनेवाले नहीं सोचते।

ऊपर दिए सभी व्यापार तमोगुणी व्यापार या संचार के उदाहरण हैं। इन्हें त्यागकर अपने ऊपर एहसान करें, पृथ्वी पर आने के लक्ष्य को महत्त्व दें।

दो : रजोगुणी –

दूसरे तरह का संचार रजोगुणी संचार है, जिसमें प्रतियोगिता (कॉम्पिटिशन), भागदौड़ करनेवाला व्यापार या संचार होता है। जो लोग पैसे के पीछे बहुत ज़्यादा भागते हैं, उनका संचार रजोगुणी होता है। ऐसे लोग केवल अपनी महत्त्वाकांक्षा प्राप्त करने के लिए दिन-रात काम करते हैं। ये केवल अपने लिए जीते हैं। ये लोग अपनी तरह सभी को भगाना चाहते हैं। दूसरों को आराम करता देख वे गुस्से से पागल होने लगते हैं।

तीन : सत्त्वगुणी –

तीसरे तरह का संचार सत्त्वगुणी व्यापार है। सत्त्वगुणी व्यापार से सात्विकता बढ़ती है। कोई इंसान खेती करता है, अन्न उपजाता है और बेचता है- यह सत्त्वगुणी संचार है। बहुत तरह के व्यापार ऐसे होते हैं, जिनमें इंसानों को सहूलियत मिलती है। कोई खाना बेचता है तो कोई कपड़ा बेचता है। कोई मरीज़ों का इलाज करता है तो किसी की दवाइयों की दुकान होती है या कोई शिक्षक होता है। ये सभी संचार सत्त्वगुणी जीवन की तरफ ले जानेवाले हैं। इन सभी तरह के व्यापार में यह भाव होता है कि 'ज़्यादा से ज़्यादा लोगों का फायदा कैसे हो। लोगों को जिसकी ज़रूरत है, वह कैसे पूरी की जा सके। सबको मदद करते हुए मैं भी कैसे सात्विक और सरल जीवन जी पाऊँ।'

ऊपर दिए गए सभी व्यापार सात्विकता जगाते हैं मगर कभी ऐसा भी हो सकता है कि व्यापार करनेवाले का भाव तामसिक हो।

उदा. जैसे एक डॉक्टर पेशंट के बुलाने पर उसके घर जाता है तो पेशंट

से कहता है, 'मेरी फीस पाँच सौ रुपए है, पहले फीस दो फिर मैं इलाज शुरू करता हूँ वरना इलाज नहीं करूँगा।' यह डॉक्टर सत्त्वगुणी संचार करता है लेकिन भावना तमोगुणी रखता है।

दूसरा डॉक्टर कहता है, 'मैं इलाज शुरू करता हूँ मगर मेरी फीस पाँच सौ रुपए है, यह याद रखना।' यह डॉक्टर रजोगुणी संचार करता है।

तीसरा डॉक्टर कहता है, 'फीस का हम बाद में देखेंगे, पहले मैं पेशंट को देख लेता हूँ, उसका इलाज करता हूँ।' यह डॉक्टर सत्त्वगुणी संचार करता है।

इस तरह तीन प्रकार के डॉक्टर होते हैं मगर सभी में भाव अलग-अलग हैं। पाँच सौ रुपए सभी को मिले मगर हर एक के संचार करने का भाव अलग-अलग था।

चार : गुणातीत –

चौथे तरह का संचार गुणातीत होता है, जहाँ पर भक्तियुक्त व्यवहार संभव होता है, जिससे हर एक में भक्ति बढ़ती है। गुणातीत लोग किसी भी प्रकार का व्यापार करते हों, उनके संपर्क में आनेवाले लोगों में भक्ति ही बढ़ती है। जैसे संत नामदेव एक दर्ज़ी थे मगर उनके संपर्क में आनेवाले लोग सत्य से ही जुड़े। संत कबीर जुलाहा थे, कपड़े बुनते थे मगर उनके ज्ञान से हज़ारों लोग मुक्त हुए।

चौथा संचार तीनों गुणों के परे ले जानेवाला संचार है। यह संचार विश्व में नई क्रांति लाता है।

आप स्वयं यह जाँचें कि इन चारों पहलुओं में आप कहाँ पर हैं? आप किस तरह के विचार, उच्चार, आचार और संचार रखते हैं? क्या आपका व्यवहार सामान्य, व्यक्तियुक्त, प्रेमयुक्त या भक्तियुक्त है? आपके व्यापार से जो कमाई होती है, उस पैसे का इस्तेमाल किस तरह से होना चाहिए, इसका निर्णय पहले से ही सोचकर रखें।

आपका मनन प्रतिसाद :

- आजीविका लक्ष्य वह लक्ष्य है, जिसमें इंसान अपने पेट और सहज मन के लिए वह कार्य चुनता है, जो उसे पैसे के अलावा कर्म करने की संतुष्टि भी देता है।

- अपने शरीर के स्वभाव अनुसार लिया गया निर्णय, सच्चा निर्णय नहीं है। शरीर से परे, अपने आपको जानकर लिया गया निर्णय ही सच्चा संचार है।

- तमोगुणी संचार को त्यागकर अपने ऊपर एहसान करें, पृथ्वी लक्ष्य को महत्त्व दें।

- गुणातीत लोग किसी भी प्रकार का व्यापार करते हों, उनके संपर्क में आनेवाले लोगों में भक्ति ही बढ़ती है।

- क्या आपका व्यवहार सामान्य, प्रेमयुक्त या भक्तियुक्त है?

- आप किस तरह के विचार, उच्चार, आचार और संचार रखते हैं?

- आपके व्यापार से जो कमाई होती है उस पैसे का इस्तेमाल किस तरह से होना चाहिए, इसका निर्णय पहले से ही सोचकर रखें।

सही सवाल

'मैं कुछ लोगों से अच्छा और कुछ लोगों से बुरा व्यवहार क्यों करता हूँ?' इस प्रश्न पर रोज़ ईमानदारी से मनन करें और अपने मन को जाँचें।

सोचकर देखें कि 'मैं मेरे बॉस से अच्छा व्यवहार करता हूँ क्योंकि...

... मुझे उसमें अपना फायदा नज़र आता है

... मैं प्रमोशन पाना चाहता हूँ

... मैं उसके काम के अंदाज़ से प्रेरणा प्राप्त करता हूँ इत्यादि।

सोचकर देखें कि 'मैं अपने सहकर्मी से बुरा व्यवहार करता हूँ क्योंकि...

... मुझे डर है कि वह मुझसे आगे बढ़ जाएगा

... मुझे उसके काम करने का तरीका पसंद नहीं

... मुझे उससे जलन होती है इत्यादि।

इस तरह हर इंसान के साथ अपने व्यवहार की जाँच करें। ऊपर दिया गया सवाल इसमें आपकी मदद करेगा। ईमानदारी से मनन करेंगे तो स्वयं में बदलाव ला पाएँगे। इससे आपके व्यवहार में बहुत सुधार होगा।

खण्ड २
समग्र लोक व्यवहार, आपका दर्पण-पूर्ण दर्शन

अध्याय पंद्रह
समग्रता से जीने में मन की मनमानी
अपनी वृत्तियाँ पहचानें

*नकारात्मक विचारों पर अग्र या उग्र प्रतिसाद देकर
इंसान नकारात्मक भावनाओं का शिकार हो जाता है।
ये भावनाएँ इंसान को केवल उस वक्त तकलीफ नहीं देतीं
बल्कि वे आनेवाले भविष्य पर भी बुरा असर डालती हैं।*

प्रत्येक इंसान समग्रता से खुलना चाहता है लेकिन अनेक कारणों से वह खुल नहीं पाता। इन कारणों में सबसे मुख्य कारण है- चिंता और चिंता का मुख्य कारण है- लोगों का डर। कोई भी काम शुरू करने से पहले ही इंसान सोचने लगता है, 'मैं यह काम करूँगा तो फलाँ क्या कहेगा... फलाँ मेरे बारे में क्या सोचेगा... पड़ोसी या अगल-बगलवाले लोग क्या कहेंगे... यह ड्रेस पहनकर जाऊँगा तो लोग मेरी तरफ किस नज़र से देखेंगे...' इत्यादि। फिर आते हैं कुछ अन्य डर जैसे छिपकली, चूहा, कुत्ता, आग, पानी, बाढ़, भूकंप इत्यादि। इन सारे डरों के पीछे मृत्यु का डर काम करता है। इन डरों की वजह से ही इंसान समग्रता से खुल-खिल नहीं पाता है। आखिर ये डर इंसान के मन में क्यों घर कर जाते हैं? क्यों इन डरों की वजह से इंसान सिकुड़कर जीवन जीता है?

इंसान इसलिए सिकुड़कर जीवन जीता है क्योंकि उसे मृत्यु का ज्ञान और अपनी पहचान नहीं है। जब तक वह मृत्यु का महासत्य और अपने

आपको नहीं जानेगा तब तक दूसरों को भी नहीं जान पाएगा। इसलिए सबसे पहले खुद को जानना आवश्यक है। खुद को जाननेवाला अमर बन जाता है।

मन की मनाली और मनमानी

जीवन यात्रा के रास्ते में, मन की मनमानी, मंज़िल तक पहुँचने में बाधा है। जीवन यात्रा के इस मोड़ को समझने के लिए, हम उसे मनाली स्टेशन कहेंगे। मनाली स्टेशन के, जो मन का प्रतीक है, चार मवाली हैं। ये चार मवाली मनुष्य के खिलने-खुलने की यात्रा में मुख्य बाधाएँ हैं। मनाली स्टेशन का अर्थ है, जहाँ इंसान मन को अपना गुरु बनाने की गलती करता है। यदि कोई भी इंसान खिलने-खुलने की यात्रा, जीवन रूपी ट्रेन से कर रहा है तो उसकी यात्रा अवश्य पूरी होगी मगर इस यात्रा को पूर्ण करने के लिए एक शर्त है। शर्त यह है कि मनाली स्टेशन पर जब जीवन की गाड़ी रुके तब इंसान को वहाँ नहीं उतरना है।

मनाली स्टेशन पर माया का आकर्षण होता है, ठीक विज्ञापनों की तरह। विज्ञापनों की चकाचौंध देखकर हम आकर्षित होते हैं और विज्ञापनों में दिखाई जानेवाली वस्तु का प्रयोग करके दुःखी होते हैं क्योंकि जो आकर्षण उस वस्तु के प्रयोग के पहले था, वह प्रयोग करने पर नहीं मिलता है और अगर वह वस्तु न मिली तो दुःख होता है। वस्तुतः हमारा मन जितना शीघ्र माया की वस्तुएँ खरीदने का निर्णय लेता है, उतना ही शीघ्र दुःखी होकर बड़बड़ भी करता है।

रनिंग कमेंट्री यानी बड़बड़ करनेवाले हमारे मन में हमेशा कुछ न कुछ चलता ही रहता है जैसे 'यह अच्छा हुआ...यह बुरा हुआ... सब बेकार हुआ... क्या फायदा सब करके... आगे से मैं किसी पर विश्वास नहीं करूँगा...' इत्यादि। मन ने हमारा पूर्ण जीवन नहीं देखा है, फिर भी वह हमारे जीवन के निर्णय सुनाता है। हम अधूरी फिल्म देखने के बाद नहीं बल्कि पूर्ण फिल्म देखने के बाद सही निर्णय ले सकते हैं कि फिल्म अच्छी थी या बुरी। मगर मन ऐसा नहीं करता, वह इंतज़ार नहीं कर सकता, घटना के समाप्त होने से पहले ही उसकी बड़बड़ शुरू हो जाती

है। इसलिए ही विचारों का दुःख सबसे बड़ा दुःख बन जाता है। एक विचार के आते ही इंसान दुःखी हो जाता है, दूसरे विचार के आते ही वह खुश हो जाता है, फिर तीसरा विचार आता है तो वह फिर से दुःखी हो जाता है, फिर चौथा... फिर पाँचवाँ...। विचारों के कारण इंसान एक दिन में न जाने कितनी बार दुःखी होता है और कितनी बार खुश होता है। अतः इन अनावश्यक विचारों से मुक्त होना अति आवश्यक है। खिलने-खुलने की यात्रा में जब मनाली स्टेशन पर जीवन की ट्रेन रुके तो दरवाज़ा नहीं खोलना चाहिए क्योंकि इस स्टेशन पर उतरकर जब आप वापस अपनी बोगी में चढ़ेंगे तब चार मवाली यात्री भी आपके साथ चढ़ जाएँगे। फिर यात्रा में आपको केवल दुःख और तकलीफ ही होगी।

चार मवाली

इंसान को पृथ्वी लक्ष्य की तरफ बढ़ने के लिए मनाली स्टेशन के चार मवाली रोकते हैं। ये हैं - १) अज्ञान, बेहोशी (गलत मान्यताएँ) २) कुसंग (गलत संगत), ३) इसी जन्म में किए हुए गलत कर्म (गलतियाँ) और ४) गलत वृत्तियाँ (टेन्डेंसीज)। वृत्तियाँ यानी गलत संस्कार जो हमारे शरीर में बैठ गए हैं, जिनकी वजह से सारे काम बेहोशी में चलते रहते हैं। उदा. सामनेवाले ने ऐसी गाली दी है तो हम भी वैसी ही गाली का पलटकर वार करते हैं, कारण हमारे अंदर वैसी ही प्रोग्रामिंग हो गई है। हमें पता ही नहीं चलता कि हम में कब ये वृत्तियाँ बन चुकी हैं।

हमारे समग्रता से खिलने व खुलने में मन की ये बाधाएँ हैं। चौथी बाधा कई वृत्तियों को जन्म देती है। जैसे कि

१) क्रोध करने की वृत्ति

२) डरने और झूठ बोलने की वृत्ति

३) अपने जीवन को जटिल बनाने की वृत्ति

४) अचानक भड़कने की वृत्ति

५) दूसरों पर इल्ज़ाम लगाने की वृत्ति

६) अधूरा काम छोड़ने की वृत्ति
७) निषेधात्मक गिनती करने की वृत्ति
८) बेहोशी में निर्णय लेने की वृत्ति
९) पहले बोलकर फिर सोचने की वृत्ति
१०) हमेशा खुद को सही साबित करने की वृत्ति
११) दूसरों में सदा दोष देखने की वृत्ति
१२) सदा दूसरों से तुलना करने की वृत्ति
१३) कड़वे शब्द बोलकर लोगों को दुःख देने की वृत्ति
१४) अपने ही पाँव पर कुल्हाड़ी मारने की वृत्ति

मनुष्य के खिलने-खुलने में ये वृत्तियाँ और गलत आदतें सबसे बड़ी बाधा हैं। सामान्य इंसान कभी-कभी क्रोध करता है पर क्रोध प्रवृत्तिवाले लोग चौबीसों घंटे क्रोध करते रहते हैं। कायर प्रवृत्तिवाले लोग हमेशा डर-डरकर जीते हैं। जहाँ डरने की आवश्यकता नहीं होती है, वहाँ भी वे डरते हैं। पूरा जीवन ये लोग डरकर, सिकुड़कर ही व्यतीत कर देते हैं इसलिए वे खुल-खिल नहीं पाते। हमेशा झूठ बोलने की प्रवृत्तिवाले लोग सुबह से लेकर शाम तक इतना झूठ बोलते हैं कि इन्हें खुद भी याद नहीं रहता है कि उन्होंने कहाँ, कौन सा झूठ कहा था। जहाँ झूठ बोलने की ज़रूरत नहीं है, वहाँ भी वे झूठ बोलते हैं। झूठ बोलने की आदत उनके रोम-रोम में समाई होती है। कई बार तो उन्हें खुद पता नहीं चलता कि वे झूठ बोल रहे हैं। बहुत दिनों के बाद मिलने पर यदि कोई इनसे कहे, 'अरे! इतने दिनों से आप हमारे घर नहीं आए?' तो तुरंत वे उत्तर देंगे कि 'आज शाम को ही हम आपके घर आनेवाले थे', जबकि उनका ऐसा कोई विचार नहीं होता।

अचानक भड़कने की आदतवाले लोग, कोई कुछ भी बोले तो कोई जवाब नहीं देते हैं मगर एक दिन क्रोध का धमाका करते हैं। ऐसे लोगों को हमेशा थोड़ा-थोड़ा बोलना चाहिए। नहीं तो वे दब-दबकर

अचानक एक दिन खुद को व दूसरों को बड़ी हानि ही पहुँचाएँगे। कुछ लोग कभी भी, किसी भी काम के लिए खुद को दोष नहीं देते हैं बल्कि दूसरों के सिर पर अपना दोष मढ़ देते हैं। नौकरी पर समय से न पहुँचने पर वे कहेंगे कि 'मैं तो समय पर आना चाहता था पर क्या करूँ, बस समय पर नहीं आई, बिल्ली ने रास्ता काट दिया इसलिए रुक गया, नौकरानी समय पर नहीं आई' इत्यादि। ऐसे लोग हमेशा किसी न किसी पर इल्ज़ाम लगाने के लिए तैयार रहते हैं। बिल्ली पर इल्ज़ाम लगाते हैं, शनि देवता तक को नहीं छोड़ते। उन्हें नौकरी नहीं मिली तो वे कहेंगे, 'मेरे भाग्य में शनि की दशा ठीक नहीं है, क्या करें किसी से हमारी पहचान नहीं है, रिश्वत देने के लिए पैसे नहीं हैं' इत्यादि। ऐसे लोग जीवन में किसी न किसी पर दोष मढ़ते ही रहते हैं।

काम अधूरा छोड़ने की आदतवाले लोग एक साथ कई कार्य करते हैं पर एक भी कार्य पूर्ण नहीं करते। इसलिए ऐसे लोग हमेशा एक अजीब तरह की बेचैनी महसूस करते हैं। इन्हें नींद नहीं आती है। अधूरा काम इन्हें परेशान करेगा तो उन्हें नींद कहाँ से आएगी! ऐसे लोगों को अपनी बेचैनी दूर करने के लिए अपनी आदत बदल देनी चाहिए। एक दिन में कम से कम एक काम पूरा करना चाहिए। ऐसा करने से उनकी आदत बदल जाएगी और उन्हें सुकून मिलेगा। कुछ लोग, जो गिनना चाहिए, वह नहीं गिनते हैं और जो नहीं गिनना चाहिए उसे ही गिनते हैं। ऐसे लोग निराशावादी प्रवृत्ति के होते हैं। ये लोग बगीचे में जाएँगे तो कहेंगे, 'काँटे कितने अधिक हैं और फूल कितने कम।' उनका एक दाँत टूट जाए तो जो ३१ दाँत बचे हैं, उसे वे नहीं गिनेंगे बल्कि टूटे हुए एक दाँत का ही रोना रोएँगे। इनका चिंतन नकारात्मक होता है। जबकि हर इंसान को सदा सकारात्मक विचार रखने चाहिए। **शुरू में ही फूल देख लिए जाएँ तो हमें काँटे कम चुभेंगे। यदि शुरू में ही हम काँटे देखेंगे तो फूल-फूल नहीं लगेंगे, वे भी हमें खटकेंगे।** काँटों को देखकर फूलों का भी महत्त्व खो जाएगा। इसलिए किसी भी चीज़ या काम के प्रति सकारात्मक दृष्टिकोण रखना आवश्यक है।

उपरोक्त गलत वृत्तियों और आदतों के कारण इंसान नर्क के समान जीवन जीता है। इन आदतोंवाले यात्रियों को अपने बोगी में नहीं आने देना चाहिए। इन्हें अंदर आने से रोकने के लिए मनाली स्टेशन पर उतरना तो दूर की बात है, दरवाज़ा भी नहीं खोलना चाहिए यानी गलत लोगों का संग (कुसंग) छोड़ना चाहिए।

चित्रकार की रचनात्मकता को देखें

कई लोगों का सवाल होता है कि किसी इंसान में कपट की वृत्ति होती है तो कोई सात्त्विक जीवन जीता है, ऐसा क्यों है? अर्थात कोई बेसुरा गीत गाता है और कोई सुरीला गीत गाता है तो ऐसा क्यों है?

आप जानते हैं कि चित्रकार कुछ रंगों को मिलाकर नए रंग बनाता है। वह अनेक रंग बनाता है और साथ में काला रंग भी बनाता है तो क्या आप उसे डाँटेंगे कि काला रंग क्यों बना रहे हो? उसके लिए काला रंग उतना ही महत्त्व रखता है, जितना बाकी रंग रखते हैं। उसकी अभिव्यक्ति में काले रंग का उतना ही महत्त्व है, जितना बाकी रंगों का। उस काले रंग की वजह से तसवीर थ्री डी (3D) दिखाई देगी, वह उस काले रंग की वजह से ही उठकर दिखाई देगी। कुछ लोग बेसुरा गा रहे हैं तो उनका भी महत्त्व है। कुछ सात्त्विक जीवन जी रहे हैं तो उनका भी अपना महत्त्व है। सभी चीज़ों का अपना महत्त्व है मगर आप यदि अपने सीमित दृष्टिकोण से देखेंगे तो आपको कुछ ही चीज़ें अच्छी लगेंगी।

आपका रोल क्या है, आप किस खेल में हैं, यह आपको देखना है। अगर हम यही देखते रहे कि फलाँ ऐसा करता है... वह ऐसा जीवन नहीं जीता है... हम तो सात्विक खाना खाते हैं... वह तो मांसाहारी (नॉन-व्हेज) है... वह तो ऐसा है... उसे ऐसा करना चाहिए इत्यादि तो हम इन्हीं दृश्यों में अटक जाएँगे। चित्रकार के सभी रंग देखें, चित्रकार का उद्‌देश्य देखें कि उसकी असल भावना क्या है? काला रंग बनाकर वह क्या चाहता है? बुराई बनाकर वह क्या चाहता है? उसके सामने लक्ष्य तो 'अच्छा' ही है। God is Good God, सच्चाई और अच्छाई ईश्वर का गुण है। उसका इंटेन्शन, उसकी भावना तो प्रेम ही है। उस भावना को

ऊपर उठाने के लिए खाई का निर्माण किया जाता है। यह खाई बनाने के लिए ईश्वर ने पहाड़ नहीं बनाया बल्कि पहाड़ बनाने के लिए खाई बनाई। सफेदी को उठाने के लिए काला रंग बना। सत्य को ऊपर उठाने के लिए कपट का दीया जला। राम को ऊपर उठाने के लिए रावण मरा। मगर कोई यह न समझ ले कि यह करना ही चाहिए या इसके किए बगैर कुछ हो नहीं सकता। चेतना के उच्च स्तर पर हम नई चीज़ें नए ढंग से देखेंगे मगर आज की तारीख में जो ज़रूरतें हैं, उन चीज़ों का निर्माण किया जा रहा है। आप केवल अपनी योग्यता बढ़ाएँ। एक बहुत बड़ा उद्देश्य आपको दिया गया है। आप वह पाकर अपनी योग्यता सिद्ध करके दिखाएँ तो ईश्वर की नई रचना आपके सामने आएगी। हम बहुत सीमित सोच में, सीमित जीवन जीकर अपना आनंद खत्म कर देते हैं और दुहाई देते रहते हैं कि ऐसा नहीं होना चाहिए था...फलाँ को इस तरह का सुर नहीं निकालना चाहिए था। मगर ईश्वर के दृष्टिकोण से हम देखें कि ईश्वर जैसा चित्रकार क्या चाहता है? **चित्रकार अपने चित्र से चित्र बनवाना चाहता है। वह उसे सभी रंगों का ज्ञान देना चाहता है। वह अपने चित्रों से वे चित्र बनवाना चाहता है, जो चित्र नए 'चित्र' बनाने का कार्य करें।** यह ईश्वर की कितनी बड़ी योजना है और इंसान की बुद्धि कितना कम सोच पाती है। वह तो उलझ जाती है, भटक जाती है।

अंत को ध्यान में रखते हुए ही कुछ बनाया जाता है। इंसान अंत कहाँ जानता है! जीवन तो १ से ७ इंच तक का है। जिसमें से इंसान केवल ३ और ४ इंच के बीच में जो पृथ्वी पर जीवन उपलब्ध है, उसी को जानता है। वह न तो ३ इंच के पहले का जीवन जानता है और न ४ इंच के बाद का।

जब जीवन का पूरा चित्र इंसान के सामने आएगा कि उसकी कितनी बड़ी संभावना है तब उसे समझ में आएगा कि बाकी रंगों में काला रंग क्या कर रहा है? कुछ लोगों का व्यवहार बुरा क्यों होता है? लोगों का ऐसा व्यवहार आपकी चेतना को ऊँचाई तक पहुँचाने के लिए होता है। उच्च चेतना प्राप्त करके ही आप उच्चतम सोचेंगे वरना तो आपको यह

विचार भी नहीं आएगा कि हम उच्च चेतना प्राप्त करें। यह विचार आने के लिए भी एक चेतना का स्तर (समझ) चाहिए। यह समझ पाकर आप कहते हैं, 'अब मेरी चेतना इतनी बढ़ी है कि अब मैं उच्चतम चेतना प्राप्त करके ही रहूँगा, उससे कम नहीं चाहूँगा।' मगर जब चेतना उच्च नहीं थी तब आपको यह विचार भी नहीं आता था तब आप सिर्फ यही सोचते थे कि मेरे जीवन में थोड़ा सुधार हो जाए तो काफी है। थोड़ी राहत मिल जाए, बस इतना ही काफी है। बड़े लक्ष्य के बारे में तब आप सोच भी नहीं सकते थे। जब चित्रकार का दृष्टिकोण सभी को मिलेगा तब यह समझना बहुत आसान हो जाएगा कि काला रंग (बुरा इंसान) क्यों बनाया गया है। फिर इस समझ के बाद समग्र व्यवहार होना सहज है।

अज्ञानयुक्त मान्यताएँ

खिलने-खुलने की यात्रा में मान्यताएँ रूपी मनाली के मवाली यात्री भी बाधा डालकर हमें दुःख व तकलीफ पहुँचाते हैं। मान्यताएँ अर्थात जो हम मानकर बैठे हैं। विदेशों में उनकी मान्यता के हिसाब से तेरह तारीख अशुभ मानी जाती है लेकिन भारत में कुछ और बातों को अशुभ माना जाता है। जैसे बिल्ली रास्ता काटकर गई तो काम पूरा नहीं होगा। दायीं आँख फड़केगी तो अशुभ होगा। बाएँ हाथ में खुजली होगी तो पैसा आएगा। रात को झाडू नहीं लगाना चाहिए इत्यादि। ये सब मान्यताएँ अपने समय के हिसाब से बनाई गई थीं लेकिन आज तक लोग इन्हें बिना सोचे-समझे मानते आ रहे हैं। पहले रोशनी कम थी, अतः घर की कीमती चीज़ झाडू के साथ बाहर न चली जाए इसलिए यह मान्यता बनाई गई थी। मगर आज बिजली का आविष्कार होने पर भी लोग बिल्ली में अटके हुए हैं। लोग डर-डरकर उन्हीं मान्यताओं को बिना वजह मानते चले आ रहे हैं।

यह भी एक मान्यता है कि अगर ईश्वर की पूजा नहीं की तो ईश्वर नाराज़ होगा। वस्तुतः प्रेम का दूसरा नाम ही ईश्वर है। इसलिए ईश्वर कभी भी किसी से नाराज़ नहीं होता।

यह तथ्य है कि जैसी मान्यता यानी आस्था रखी जाती है, वैसे ही

सबूत भी आपको मिलने लगते हैं। अगर आपका विश्वास है कि सारे लोग बहुत बुरे हैं! दुनिया बड़ी खराब है तो जब आपको बुरे लोग मिलने लग जाएँगे तब आपको आश्चर्य नहीं करना चाहिए। जब हम यह यकीन करते हैं कि समय कम है तब यदि हम सभी जगह देरी से पहुँचने लगें तो हमें आश्चर्य नहीं करना चाहिए। क्योंकि हमारा विश्वास ही सारे परिणाम लाता है। अतः इन अंधविश्वासों को तोड़ना सीखें। इन्हें तोड़ने के लिए अपने विचार बदलना सीखें। विचार के बदलते ही उनका सुपरिणाम आपके सामने आने लगेगा। घर से निकलते ही कहना चाहिए कि 'आज सब कुछ अच्छा होनेवाला है' तो सचमुच आप देखेंगे कि आपके साथ उस दिन सब कुछ अच्छा ही हुआ।

आपका मनन प्रतिसाद :

* जब तक इंसान मृत्यु का महासत्य और अपने आपको नहीं जानेगा तब तक वह दूसरों को भी नहीं जान पाएगा।

* जैसी मान्यता यानी आस्था रखी जाती है, वैसे ही सबूत आपको मिलने लगते हैं।

* हमारा मन जितना शीघ्र माया की वस्तुएँ खरीदने का निर्णय लेता है, उतना ही शीघ्र दुःखी होकर बड़बड़ भी करता है।

* मन ने हमारा पूर्ण जीवन नहीं देखा है, फिर भी वह हमारे जीवन के निर्णय सुनाता है।

* God is Good God, सच्चाई और अच्छाई ईश्वर के गुण हैं।

* सफेदी को उठाने के लिए काला रंग बना। सत्य को ऊपर उठाने के लिए कपट का दीया जला। राम को ऊपर उठाने के लिए रावण मरा।

* चेतना के उच्च स्तर पर हम नई चीज़ें नए ढंग से देखेंगे मगर आज की तारीख में जो ज़रूरतें हैं, उन चीज़ों का निर्माण किया जा रहा है।

- उच्च चेतना प्राप्त करके ही आप उच्चतम सोचेंगे वरना तो आपको यह विचार भी नहीं आएगा कि हम उच्च चेतना प्राप्त करें।

- जब चित्रकार का दृष्टिकोण सभी को मिलेगा तब यह समझना बहुत आसान हो जाएगा कि काला रंग (बुरा इंसान) क्यों बनाया गया है।

- खिलने-खुलने की यात्रा में मान्यता रूपी मनाली के चार मवाली बाधा डालकर हमें दुःख व तकलीफ पहुँचाते हैं।

- आज बिजली का आविष्कार होने पर भी लोग बिल्ली में अटके हुए हैं।

- प्रेम का दूसरा नाम ही ईश्वर है इसलिए ईश्वर कभी भी किसी से नाराज़ नहीं होता।

ईमानदार व्यवहार

हमेशा पूरी ईमानदारी से लोगों के सामने अपनी बात प्रस्तुत करें। अगर आप अपने साथ ईमानदार रहते हैं तो वही ईमानदारी आपके व्यवहार में भी आएगी।

लोग अकसर कुछ घटाकर या बढ़ा-चढ़ाकर अपनी बात प्रस्तुत करते हैं। उन्हें लगता है कि ऐसा करने से उनका काम हो जाएगा या उन्हें किसी की सहानुभूति मिलेगी। जबकि वे यह भूल जाते हैं कि भावनाएँ भी लोगों तक पहुँचती हैं।

भले ही सामनेवाला कुछ कहे या न कहे परंतु वह आपकी बेईमानी को भाँप जाता है। इसलिए बहुत ज़रूरी है कि लोक व्यवहार में पूरी ईमानदारी बरती जाए। ईमानदारी के गुण के कारण रिश्ते आजीवन टिकते हैं। क्योंकि ईमानदारी ही लोक व्यवहार की सुंदरता है।

अध्याय सोलह
व्यवहार में प्रेम की झलक
प्रेम प्रतिसाद अपनाएँ

प्रेम से कहा गया एक शब्द भी किसी के लिए प्रेरणा बन सकता है। यह प्यारभरा संकेत आपके और दूसरों के जीवन में आनंद ला सकता है।

लोक व्यवहार करते वक्त, समग्र प्रतिसाद में यदि हम प्रेम और धीरज को जोड़ दें तो आपका व्यवहार उत्तम होगा। प्रेम में क्योंकि होती है परवाह, जिसे हम अपने धीरज द्वारा दर्शा सकते हैं और अपने रिश्तों को मज़बूत बना सकते हैं। कैसे? आइए समझें।

पर्वती इलाकों में चंदन वृक्षों के सहवास में रहनेवाली आदिवासी महिला रोज़ चूल्हा जलाने के लिए भी चंदन की लकड़ी का इस्तेमाल करती है। वैसे ही अकसर देखा जाता है कि जो चीज़ हमारे आस-पास भरपूर होती है, उसका हमारे लिए कोई महत्त्व नहीं होता। अनजाने में ही सही लेकिन हम उसका अनादर करने लगते हैं।

प्रेम के बारे में भी यही हाल है। माँ-बाप, भाई-बहन या अन्य रिश्तेदारों का हमारे प्रति प्रेम। फिर हमारा उन सबके प्रति प्रेम, अपने जीवनसाथी से या अपने बच्चों के प्रति प्रेम को देखें तो जीवन में प्रेम ही प्रेम है। फिर भी इंसान प्रेम के लिए तरसता रहता है। कारण वह उस आदिवासी महिला की तरह प्रेम के अमूल्य चंदन को केवल लकड़ी समझकर बस जलाता रहता है। हमें बस यही चाह होती है कि किसी

तरह हमारा चूल्हा जले अर्थात हमारा प्रेम हमारी ज़रूरतों से जुड़ा रहे। प्रेम के द्वारा यह ज़रूरतें पूरी करवाते-करवाते, सुविधाओं की लालच में, अनजाने में ही सही लेकिन शुद्ध प्रेम भाव को हम अनेकों भावों से जूठा कर बैठे हैं।

जो आपसे सच्चा प्रेम करते हैं उनके महत्त्व को समझें। वे आपके जीवन में हैं इसलिए आपका जीवन सुंदर है। उनकी परवाह करना सीखें।

जब हम अपनों से प्रेम कर पाते हैं तब बेगानों के साथ भी प्रेम प्रतिसाद दे पाते हैं। हर इंसान की अलग प्रवृत्ति होती है और वह बदलती रहती है। इसलिए हर एक इंसान को उसकी प्रवृत्ति के अनुसार व्यवहार करें। अगर हम पुराने अनुभवों को प्रमाण मानकर रिश्ते बनाने लगेंगे तो रिश्तों का वर्तमान रूप नहीं जान पाएँगे, अपने आपको उस वर्तमान रूप के लिए नहीं बदल पाएँगे। फलतः रिश्तों में दरारें पड़ने लगेंगी।

रिश्तों की देखभाल

माँ अपने बच्चे से सच्चा प्रेम करती है इसलिए बच्चे की देखभाल करना, यह उसका पहला गुण होता है। अपने आपसे पूछें कि 'क्या मैं अपने रिश्तों की उचित देखभाल करता हूँ?'

स्वयं से जुड़े हर रिश्ते की उचित देखभाल करके आप लोक व्यवहार का पहला गुण अपने अंदर विकसित करते हैं।

ज़िम्मेदारी लें

देखभाल का यह गुण आता है माँ से और जिम्मेदारी का दूसरा गुण आता है पिता से। पिता स्वइच्छा से घर की ज़िम्मेदारी लेते हैं और घर की रखवाली करते हैं। अगर सच्चा प्रेम है तो ज़िम्मेदारी बोझ नहीं लगती, खुद-ब-खुद निभाई जाती है। ज़िम्मेदारी पूरी करके इंसान पूर्णता का एहसास करता है।

जो इंसान सच्चे प्रेम में ज़िम्मेदारी लेने से कतराता है, प्रेम उससे दूर

होता जाता है। ऐसे में वह दूसरों पर दोष लगाना शुरू कर देता है। इस व्यवहार के कारण लोग उससे और दूर होते जाते हैं।

एक मुक्त इंसान दूसरों के विकास के लिए ज़िम्मेदारी लेना, अपना कर्तव्य व अभिव्यक्ति समझता है। आप जितने आज़ाद हुए हैं, उतनी ज़िम्मेदारी आप लेना चाहेंगे इसलिए आज से ही अपने अंदर ज़िम्मेदारी का एहसास जगाएँ।

ईमानदारी से व्यवहार

हर रात सोते वक्त अगर हम पूरे दिन का विश्लेषण करें या मुख्य घटनाओं को याद करें तो हमें अपने शरीर और मन का स्वभाव देखने को मिलेगा। अपने परिवार में कपटमुक्त शेअरिंग करें या अपने आपसे पूछें कि तुमने अलग-अलग परिस्थिति में किस मकसद से वैसा व्यवहार किया। किसी का काम नहीं किया तो क्यों नहीं किया? क्या वह इंसान, जिसका काम तुमने नहीं किया, वह तुम्हारे अहंकार को पुष्टि नहीं देता इसलिये? क्या वह तुम्हारे लोभ व महत्त्वाकांक्षा में रुकावट है इसलिए ऐसा किया? किसी का काम किया तो क्यों किया? क्या उस इंसान से तुम्हें डर है इसलिए या वह इंसान जिसका काम तुमने किया, वह तुम्हारे अहंकार को बढ़ावा देता है, इसलिए?

परिवार की बैठक में मिलकर अपना-अपना आत्मनिरीक्षण करें। आत्मनिरीक्षण यानी हर घटना में अपने आपको देखना। अपने आपसे आँखें न चुराएँ। ईमानदारी के साथ सही-सही जवाब दें। कोई आपको अच्छा लगता है तो क्यों? वह आपके काम करता है इसलिए या उसमें जो गुण है, उस वजह से? आपको कोई बुरा लगता है तो वह सचमुच बुरा है या वह आपके काम में रुकावट बनता है इसलिए बुरा लगता है। गंभीरता और ईमानदारी से जवाब दें।

इस तरह इन गुणों को स्वयं में लाकर, अपने व्यवहार में प्रेम भरकर आप अपनों को अपना बना पाएँगे।

आपका मनन प्रतिसाद :

* लोक व्यवहार करते वक्त, समग्र प्रतिसाद में यदि हम प्रेम और धीरज को जोड़ दें तो आपका व्यवहार उत्तम होगा।

* जो आपसे सच्चा प्रेम करते हैं उनके महत्त्व को समझें। वे आपके जीवन में हैं इसलिए आपका जीवन सुंदर है। उनकी परवाह करना सीखें।

* हर रात सोते वक्त अगर हम पूरे दिन का विश्लेषण करें या मुख्य घटनाओं को याद करें तो हमें अपने शरीर और मन का स्वभाव देखने को मिलेगा।

* परिवार की बैठक में मिलकर ईमानदारी के साथ अपना-अपना आत्मनिरीक्षण करें।

गुणों के खज़ाने का ताला

कुदरत का नियम है, 'जिस चीज़ पर आप ध्यान देते हैं, वह आपके जीवन में बढ़ती है।' इसलिए दूसरों में सदा गुण देखें और उनकी सराहना करें। जब आप दूसरों के गुणों की प्रशंसा करेंगे तो आपका लोक व्यवहार अच्छा होगा, मित्र बनेंगे और आप देखेंगे कि धीरे-धीरे वे गुण आपमें भी आने लगे हैं।

हर इंसान में कोई न कोई गुण छिपा होता है। ज़रूरी यह है कि हम वह गुण देखकर, उसे सराहकर, उसे बाहर लाने में उस इंसान की मदद करें। दिल से की गई सराहना ही सच्ची सराहना होती है। सराहना प्रतिसाद देकर हम अपने लिए गुणों के खज़ाने का ताला खोल सकते हैं।

अध्याय सत्रह
क्षमा प्रतिसाद
उच्चतम व्यवहार की कला

हमेशा क्षमा माँगने के पीछे आपका उद्देश्य
केवल प्रेम होना चाहिए।

क्षमा के रहस्य को समझकर अनेक लोग अपराध बोध से मुक्त होकर पवित्र जीवन में स्थापित हो पाए हैं। अब आपकी बारी है।

आपके मन में सवाल आएगा कि क्षमा का प्रतिसाद क्यों देना चाहिए? जवाब यह है कि हर इंसान क्षमा का पात्र है। इसके पीछे समझ यह हो कि इंसान गलती इसलिए करता है क्योंकि उसके पास पूरी जानकारी नहीं होती। जिस तरह राजा दशरथ ने गलत अनुमान लगाकर श्रवण कुमार को हिरण समझकर तीर मारकर हत्या कर दी थी। जिससे श्रवण कुमार के माता-पिता की भी मृत्यु हो गई। बताने का अर्थ है कि गलतियाँ सभी से होती हैं, आपके आस-पास के लोगों से भी हो सकती हैं और गलतियाँ करनेवाले इंसान को ही क्षमा किया जाता है। यदि क्षमा करने में तकलीफ हो रही हो तो पहले घटना को स्वीकार करें। स्वीकार मंत्र का उपयोग करें, 'क्या मैं यह स्वीकार कर सकता हूँ?' 'यह' यानी उस वक्त हो रही घटना। घटना को स्वीकार करते ही आज़ादी का आनंद महसूस करेंगे। इस आनंद के चलते आपके लिए क्षमा करना भी आसान हो जाएगा।

परिवार में कभी दुःख होता है तो कभी सुख, कभी अपनों के लिए नकारात्मक विचार होते हैं तो कभी सकारात्मक, कभी सदस्यों के बीच प्रेम होता है तो कभी नफरत। सवाल यह है कि आपको दिनभर कौन सा पहलू ज्यादा याद रहता है- प्रेम या नफरत? आपको अपने मित्र ज्यादा याद आते हैं या दुश्मन? क्या आपको वे लोग याद आते हैं, जिनसे आप रोज व्यवहार करते हैं या वे लोग जिनसे आप नफरत करते हैं? हकीकत यह है कि आपको दोस्तों से ज्यादा दुश्मन याद आते हैं। आपको वे लोग ज्यादा याद आते हैं, जिन्होंने कभी आपको मारा, डाँटा या आपका काम नहीं किया या आपके साथ बुरा व्यवहार किया। मगर जब तक हम उन्हें क्षमा प्रतिसाद नहीं देते तब तक हमारे अंदर आनंद की सच्ची लहर नहीं उठ सकती। इसलिए क्षमा प्रतिसाद को उच्चतम व्यवहार कहा गया है। जब तक आनंद की यह लहर हमारे अंदर नहीं उठेगी तब तक यह हमारे साथ जुड़े लोगों तक नहीं पहुँचेगी। इसलिए ज़रूरी है कि हम अपने भीतर क्षमा प्रतिसाद द्वारा यह स्वच्छता अभियान करें।

कई बार ऐसा होता है कि आप छोटी-छोटी घटनाओं में अपनों को क्षमा कर पाते हैं मगर बड़ी घटनाओं में क्षमा नहीं कर पाते। बहुत बार आप अंदर ही अंदर कुढ़ते रहते हैं। ऐसी घटनाओं में भी आप क्षमा करना सीख पाएँ। छोटी-छोटी घटनाओं में आप क्षमा करने का अभ्यास करेंगे तो बड़ी घटनाओं में भी क्षमा कर पाएँगे।

क्षमा प्रतिसाद की आवश्यकता

इस संसार के रंगमंच पर सभी अपनी-अपनी भूमिका निभा रहे हैं। अगर आप संसार के खेल को ईश्वर की लीला करके देखेंगे तो जानेंगे कि इस रंगमंच पर सभी अपने-अपने संवाद बोल रहे हैं। आप इस समझ से देखें कि सामनेवाले ने गलती की ही नहीं है, यह तो केवल नाटक चल रहा है। वह इंसान उस नाटक का एक भाग है, जो सिर्फ अपनी भूमिका निभा रहा है। जब आप एक ही चैतन्य को अपने और सामनेवाले के

अंदर देख पाते हैं तब आप सामनेवाले के अलग व्यवहार को गलती नहीं समझेंगे।

क्षमा माँगना भी सीखें

आपको जिस तरह क्षमा करना सीखना है, उसी तरह आपको क्षमा माँगना भी सीखना है। अगर घर का कोई सदस्य आपको क्षमा नहीं कर रहा है तो ऐसी अवस्था में आपको 'नहीं' शब्द को कैसे लेना है? आप 'नहीं' को 'अभी नहीं' ऐसा समझें। सामनेवाला कहेगा, 'मैं तुम्हें क्षमा नहीं कर सकता' तो आप कुछ समय के बाद फिर से क्षमा माँगें, जिससे सामनेवाले का फायदा होनेवाला है। आपको क्षमा इसलिए भी माँगनी है ताकि आपका वह अपना नफरत से बाहर आ जाए। यहाँ पर आपका उद्देश्य 'प्रेम' होना चाहिए।

क्षमा प्रतिसाद के फायदे

✸ नकारात्मक भावनाओं से मुक्ति : पहले कदम पर आपके अंदर यह समझ होगी कि सामनेवाले की गलती करने पर आप उसे क्षमा करेंगे तो आप उस नकारात्मक भावना से मुक्त हो जाएँगे। क्षमा करने से सामनेवाला मुक्त हो या न हो, यह दूसरी बात है किंतु सामनेवाले को क्षमा करके आप मुक्त (फ्री) हो जाते हैं, यह पहली बात है और यही सबसे बड़ा फायदा है।

✸ भूतकाल से मुक्ति, वर्तमान से युक्ति : अगर आपने क्षमा नहीं किया तो आपके अंदर वे ही विचार चलते रहेंगे। आप ऐसे ही मौके ढूँढ़ते रहेंगे कि कब सामनेवाले को उसकी गलती का एहसास करवाया जाए, उसे मजा चखाया जाए। इस तरह बिना वजह आपका ध्यान ऐसी बातों पर बना रहेगा। आप उनसे जब भी मिलेंगे, आपका ध्यान वर्तमान में न होकर भूतकाल की यादों में ही रहेगा। केवल क्षमा न करने की वजह से आप वर्तमान से भी दूर हो जाते हैं। ये बातें याद रखते हुए आप हर

घटना में खुद को जाँचें और अपनी समझ बढ़ाते हुए सामनेवाले को क्षमा करके स्वयं को मुक्त करें।

✵ **सकारात्मक ऊर्जा की अभिव्यक्ति :** क्षमा करने या मांगने से मन की और परिवार के सदस्यों के बीच की उलझनें तुरंत विलीन हो जाती हैं। किसी व्यक्ति, घटना या परिस्थिति के प्रति इंसान अपनी सोच के अनुसार कथाएँ और मान्यताएँ बनाता है, अनुमान लगाता है। ऐसा करते हुए उसका मन अनावश्यक विचारों के जाल में फँसकर दूषित हो जाता है। इस तरह स्वच्छ-शुद्ध मन पर गिले-शिकवे, नफरत, द्वेष, लोभ-लालच की अनगिनत रेखाएँ खिंच जाती हैं। इस जाल में अटककर इंसान के अंदर की सकारात्मक ऊर्जा सिकुड़ जाती है। मगर क्षमा का शस्त्र इस सिकुड़न को खत्म कर, सकारात्मक ऊर्जा की अभिव्यक्ति करवाने में मदद करता है। हरेक के अंदर अनगिनत ईश्वरीय गुण समाए हुए हैं। क्षमा साधना करने से आपके अंदर के प्रेम, आनंद, मौन जैसे ईश्वरीय गुण उजागर होने लगते हैं। जिससे आपमें और आपके परिवार में सकारात्मक ऊर्जा और स्वास्थ्य का संचार होता है।

✵ **अपूर्णता से मुक्ति :** अगर हम क्षमा नहीं कर पाएँगे तो सदस्यों के मन में द्वेष-भाव का निर्माण होगा, प्रतिशोध की भावना जगेगी। इसका फल क्या आएगा? समय की बरबादी, परिवार और रिश्तों में खटास, हमारे अंदर की ऊर्जा का गलत उपयोग, अनेक रोग, साथ ही अपने लिए कुछ और कर्मबंधनों का निर्माण। हमें अपने समय का उचित उपयोग करना चाहिए। कर्मबंधनों के जाल में अटककर हमें अपना वक्त बरबाद नहीं करना चाहिए। जब तक आप सामनेवाले को क्षमा नहीं करते तब तक आपके मन में अपूर्णता की भावना प्रबल बनी रहती है। गलती चाहे आपकी हो या सामनेवाले की, अगर आपको अंदरूनी अपूर्णता को विलीन करना है तो आपको क्षमा याचना के साथ पूर्णता की कला का भी उपयोग करना है।

क्षमा प्रतिसाद का तरीका

अब तक हमने क्षमा का महत्त्व समझा। अब क्षमा माँगने का सही तरीका भी सीखें। यह तरीका है, 'रात को दिल बड़ा करें यानी हर रात सोने से पहले अपना दिल बड़ा करके, सभी से माफी माँगें। दिनभर जिन लोगों को आपने भाव, विचार, वाणी या क्रिया से जाने-अनजाने में दुखाया है, उनसे मन ही मन माफी माँगें और सुबह दिल खुला करके सभी को प्रेम, आनंद और मौन बाँटें... यह क्षमा साधना हमारे मन को साफ और शरीर को स्वस्थ करती है। आप माफी केवल आज के दिन के लिए नहीं बल्कि भूतकाल में हुई गलतियों को मिटाने के लिए भी माँग सकते हैं।

आइए, अब हम क्षमा माँगने के तरीके को और विस्तार से समझें-

१. जिस भी इंसान से आप माफी माँगना चाहते हैं, प्रार्थना करते वक्त, उसे अपनी आँखों के सामने लाएँ और उससे खुले दिल से माफी माँगें। इस तरह हरेक इंसान को, जिसे आपने जाने-अनजाने में दुखाया है, सामने लाकर उससे माफी माँगें। धीरे-धीरे आप सभी कर्मबंधनों से मुक्त होते जाएँगे।

२. रात को सोने से पहले अपना दिल बड़ा करें, सबको माफ करें और सबसे माफी माँगें। सुबह दिल को खुला करें ताकि दिनभर आप प्रेम बाँट सकें।

३. अपने दुश्मन (दोष मन) से दूर रहें क्योंकि यह मन दूसरों के दोष दिखा-दिखाकर आपको ही दोषी बना देता है। क्षमा माँगकर दुश्मन को दोस्त बनाएँ।

४. दूसरे की गलती दिखते ही, उसे आइना बनाकर अपना दर्शन करें। स्वयं को ईमानदारी से जाँचें कि 'यह गलती मुझसे कहाँ-कहाँ पर होती है?' इसी को सच्ची खोज कहते हैं।

५. ''दोष दूसरों में है', इस विचार में दोष है और वह विचार मेरे अंदर है।' इसलिए क्षमा की सफाई अपने अंदर करनी चाहिए, दोष देखना बंद कर अपनी पवित्रता बढ़ानी चाहिए।

६. किसी के लिए मन में उठी नफरत भी एक खरोंच के समान है। सही समय पर ध्यान न देने पर, यह खरोंच बड़ा जख्म बन जाती है। इसलिए समय रहते ही क्षमा माँगें और क्षमा करें।

क्षमा प्रार्थना

✷ यह प्रार्थना हर रात सोने से पहले करें ✷

'मैं पूरी शुद्धता से

अपना दिल बड़ा कर रहा हूँ, सबको माफ कर रहा हूँ।

आज जिन लोगों के कारण मुझे दुःख हुआ,

उन्हें, मैं माफ करता हूँ।

यह करके मैं किसी और पर नहीं

बल्कि अपने आप पर ही एहसान कर रहा हूँ।

क्षमा करके मैं अपनी शुद्धता बढ़ा रहा हूँ,

अपनी तरंग बदल रहा हूँ।

अपने जीवन में सुख, समृद्धि ला रहा हूँ।'

'आज जिन लोगों को मैंने मेरे भाव, विचार

वाणी अथवा क्रिया से दुःख पहुँचाया है,

मैं उनसे ईश्वर को साक्षी रखकर माफी माँगता हूँ।

कृपया, 'मुझे माफ करें',

यह गलती मुझसे दोबारा नहीं होगी।

मैं आगे इस बात का खयाल रखूँगा

क्षमा के लिए धन्यवाद।'

आपका मनन प्रतिसाद :

* हर इंसान क्षमा का पात्र है। इसके पीछे समझ यह हो कि इंसान गलती इसलिए करता है क्योंकि उसके पास पूरी जानकारी नहीं होती।

* जब आप एक ही चैतन्य को अपने और सामनेवाले के अंदर देख पाते हैं तब आप सामनेवाले के अलग व्यवहार को गलती नहीं समझेंगे।

कम से कम दो लोगों को माफ करें

दो लोगों का माफ करें, उन दोनों में से एक आप खुद हैं। जब आप खुद को, किए गए किसी अनुचित काम या अपनी असफलता के लिए माफ कर देते हैं तो आप उससे जुड़ी शर्मिंदगी या अपराध बोध से मुक्ति पा लेते हैं। अपनी पिछली भूलों से सबक लें, परंतु अपने भावों को मुक्त कर दें।

जब आप क्षमाशीलता का अभ्यास करते हैं तो ज्यों ही अनावश्यक विचार मन को घेरते हैं तो आप और अधिक सकारात्मक हो जाते हैं और अपने भीतर छिपी सकारात्मक खूबियों के संपर्क में आ जाते हैं जैसे - प्रेम, आनंद व शांति।

अध्याय अठारह
समग्र व्यवहार की पहचान
ज्ञान का दान

पूर्णता करना हर इंसान की अदृश्य चाहत है।
नकली चाहतों के बीच असली चाहत दृश्य रूप धारण नहीं कर पाती
इसलिए इंसान अपूर्णता का दुःख अज्ञान की जेल में, झेल रहा है।

ज्ञान का दान लेने में ज़रा भी न हिचकिचाएँ। सत्य का दान वह ज्ञान है, जो आपको जीवन की यात्रा में पृथ्वी लक्ष्य प्रदान करता है, जिसे पाकर समग्र व्यवहार करना सरल हो जाता है। सत्य का दान ग्रहण करके हमारा व्यवहार जीवन की गाड़ी में हर यात्री के साथ मधुर बन जाता है। इसलिए सत्य का दान, जो गुरु से मिलता है, उसका ध्यान से योग्य स्थान पर उपयोग करें।

मन की मनमानी करनेवाले मवाली जैसे मन के विकार, वासनाएँ, मान्यताएँ और वृत्तियाँ जब मनाली स्टेशन पर गाड़ी में घुस आएँ तब इन मवाली यात्रियों को हमें ट्रेन चालक की मदद से भगाना चाहिए। यहाँ चालक का अर्थ है वह मार्गदर्शक, जिसे हम 'गुरु' कहते हैं। गुरु को ही पता है कि कहाँ पर जीवन की ट्रेन रोकनी चाहिए और कहाँ पर यात्रियों की परख (टेस्टिंग) होनी चाहिए। यात्री जब गलत स्टेशन पर उतर जाते हैं तब वे टेस्टिंग में फेल होते हैं। इस तरह सत्य की टीचिंग्स, ट्रेनिंग और

टेस्टिंग द्वारा हमें यात्रा की पूर्णता मिलती है।

इसी प्रकार मनुष्य के जीवन में भी जब गलत आदतें और काम, क्रोध, लोभ, मोह, नफरत, अहंकार रूपी मवाली यात्री घुस आएँ तब उसे गुरु के निर्देशानुसार मन रूपी चेन खींचनी चाहिए। चेन खींचते ही विकार रूपी, आंतरिक आतंकवादी भाग जाते हैं। विकारों के हटते ही आप निश्चिंत होकर, खिल-खुलकर जीवन की सुखद यात्रा करते हैं। जो यात्री पूरी तरह से खिल-खुलकर यात्रा नहीं कर पाते, उनके लिए आपको दुःख होता है। आप ऐसे यात्रियों के लिए प्रार्थना कर सकते हैं।

एक बूढ़ा इंसान और एक किशोरावस्था यानी ११-१२ साल का लड़का एक ही दिन मरते हैं तो दोनों में से किसके मरने का दुःख आपको ज़्यादा होगा? निश्चित तौर पर लड़के के मरने का दुःख आपको अधिक होगा क्योंकि बूढ़े इंसान को जितना बढ़ना था, जितना खिलना था, वह खिल चुका था। परंतु वह बालक तो अधूरा खिला था, उसके जीने, बढ़ने और खिलने की संभावना बहुत थी। उस बालक के खिलने की संभावना दिखाई देने के कारण ही आपको उसके मरने का अधिक दुःख होता है। जिस तरह माली को दिखाई देता है कि कौन सा बीज, कैसे और कितना खिल सकता है, उसी तरह पूर्ण गुरु को भी दिखाई देता है कि एक खोजी में समग्रता से खिलने और खुलने अर्थात विकास करने की कितनी संभावना है।

यह बात विचार करने योग्य है कि ऐसे कितने लोग हैं, जो पूर्ण विकसित होकर मरते हैं। शरीर से तो सभी पूर्ण विकसित हो जाते हैं। क्या मन, बुद्धि और हृदय से भी सभी को पूर्णता प्राप्त होती है? नहीं। हर एक के जीवन में बहुत सी चीज़ें अधूरी रह जाती हैं। उसी का जीवन पूर्ण है, जो पूरी तरह खिल-खुलकर विकास करता है।

कुछ लोग विकास का अर्थ कुछ और ही लगाते हैं। विकास का अर्थ क्या है? जीवन में बहुत पैसा मिलने को ही लोग विकास मानते

हैं। कुछ लोग सुख-सुविधा को तो कुछ नाम व शोहरत को ही विकास का पर्याय मानते हैं। क्या इन चीज़ों के प्राप्त होने को ही विकास कहना चाहिए? नहीं। विकास तब होता है जब जीवन में आपने जो निश्चय किया, उस पर काम किया और वह कार्य पूर्ण भी हुआ। फिर ही समझें कि योग्य विकास हुआ।

गौतम तथा वर्धमान ने सही मायनों में अपने जीवन का संपूर्ण विकास किया। एक शरीर में जब गौतम की मृत्यु हुई तब बुद्ध पैदा हुए। इसी तरह एक अन्य शरीर में जब वर्धमान की मृत्यु हुई तब महावीर का जन्म हुआ। हमारे अंदर ऐसी क्या चीज़ है, जिसके मरने के बाद उस चीज़ का जन्म होगा, जिसका निश्चय ईश्वर ने हमारे लिए किया है? इसकी पहचान कैसे होगी? यह पहचान पूर्ण गुरु को होती है और उन्हीं के निर्देशानुसार कार्य करके हम अपने जीवन में संपूर्ण विकास कर सकते हैं। इसे एक कहानी द्वारा समझें।

बहुत पुरानी बात है। एक बार अकबर ने बीरबल से पूछा, 'जीवन में गुरु की आवश्यकता क्यों है? बीरबल ने कहा, 'इसका उत्तर मैं आपको बारह साल के बाद दूँगा।' इस बीच बीरबल ने कुछ दूध पीते बच्चों को जंगल में, एक गूँगी आया के संपर्क में रखवाया। उनका पालन-पोषण उस गूँगी आया ने किया। बारह सालों के बाद जब वे बच्चे बड़े हो गए, तब बीरबल उन बच्चों को लेकर अकबर के दरबार में आया। अकबर के दरबार में वे बच्चे जानवरों के समान अजीबोगरीब आवाज़ों में बात कर रहे थे। कारण, गूँगी आया से उन्होंने कभी शब्द सुने नहीं थे। जंगल में जानवरों की आवाज़ें उन्होंने ज़रूर सुनी थीं। इसलिए उन्होंने एक अलग तरह की भाषा सीख ली थी। उन बच्चों के दृष्टिकोण से सोचें तो उनकी भाषा में कोई कमी नहीं थी क्योंकि वे आपस में आसानी से वार्तालाप कर पा रहे थे लेकिन जिस

तरह की भाषा उन्हें बोलनी चाहिए थी, वैसी भाषा वे नहीं बोल रहे थे क्योंकि उन्हें लोकभाषा का प्रशिक्षण नहीं दिया गया था। अर्थात जितना उन्हें खिलना-खुलना चाहिए था, वे उतना नहीं खिल पाए थे।

बच्चों की भाषा सुनकर अकबर को आश्चर्य हुआ और उन्होंने बीरबल से कहा, 'इन्हें यहाँ से ले जाओ और पहले इन्हें योग्य प्रशिक्षण दो। इन्हें पहले भाषा तो सिखाओ।' बीरबल ने तुरंत इस बात को स्वीकार किया। फिर अकबर ने बीरबल से पूछा, 'मेरे प्रश्न का उत्तर कहाँ है?' बीरबल ने कहा, 'मैंने आपके प्रश्न का उत्तर दे दिया। इन बच्चों को देखकर आपने जो किया, वही गुरु करते हैं।'

उपर्युक्त उदाहरण एक कहानी है। ज़रूरी नहीं है कि यह कहानी वास्तव में सच हो पर इस कहानी का उद्देश्य और सत्य स्पष्ट है। इस कहानी के माध्यम से कुछ बताने का प्रयास किया गया है। अकबर की तरह गुरु भी देखते हैं कि आदतों और मान्यताओं में जकड़े होने के कारण उसका शिष्य न तो पूरा खिला है और न ही पूरा खुला है। वे जान जाते हैं कि 'इसे प्रशिक्षण की ज़रूरत है। इसे तुरंत योग्य समझ देनी चाहिए।'

बच्चों की गूँगी आया है- माया। जिसके साथ रहने से न जाने कितनी मान्यताएँ जीवन में प्रवेश कर जाती हैं। ये सारी मान्यताएँ टूटें और जीवन की अपूर्व सुंदरता हमारे सामने आए। बीज के ज़मीन पर गिरते ही जब माली की नज़र उस पर पड़ती है तब वह देखते ही जान जाता है कि इस बीज में विकास करने की कितनी क्षमता है। इसलिए यह ज़रूरी है कि बीज के ज़मीन पर गिरते ही माली की नज़र उस पर पड़े ताकि उसके पूर्ण खिलने-खुलने की जितनी संभावना है, उतना वह खिल सके।

ज्ञान मंत्रों का जाप

जब भी मान्यता रूपी मवाली यानी नकारात्मक, तक्रारात्मक और

कलाबी विचार आपके अंदर घुसकर आपको परेशान करने लगें तब गुरु द्वारा मिले मंत्रों का जाप यानी स्मरण करना चाहिए। इन मंत्रों का तब तक उच्चारण करना चाहिए, जब तक ये मंत्र पूरे अर्थ और समझ के साथ आपके जीवन में कार्यरत नहीं होते। ऐसा होने से अंदर का अव्यक्त आनंद व्यक्त हो जाता है और मनुष्य अपने पृथ्वी लक्ष्य को पा लेता है।

सत्य की समझ पाकर जब जीवन में आनंद आए तब उस आनंद पर कभी भी शंका न करें। बड़ी विचित्र बात है कि जब इंसान के जीवन में सुख आता है तब उसे शंका होती है कि यह सुख अस्थायी तो नहीं है, चला तो नहीं जाएगा लेकिन जब उसके जीवन में दुःख आता है तब उसे दुःख पर कभी शंका नहीं आती। दुःख को इंसान सदा स्थायी समझता है इसलिए उसे दुःख पर कभी शंका नहीं आती। कोई किसी की प्रशंसा करता है तो इंसान को शंका होती है कि कहीं वह झूठ तो नहीं बोल रहा है लेकिन कोई किसी की जब निंदा करता है तो 'वह निंदा झूठी हो सकती है', यह उसे बिलकुल नहीं लगता। ऐसा इसलिए होता है क्योंकि बुरी बातों पर हमें जल्दी यकीन आता है और अच्छी बातों पर हमें यकीन नहीं आता।

यह समझ पाकर आप अपने अंदर आज से एक नई आदत डालें। जब जीवन में आनंद आए तब कहें, 'मुझे मालूम है, यह होने ही वाला था क्योंकि यही स्थायी है।' जब दुःख आए तो कहें, '**मुझे मालूम है, यह अस्थायी है, यह जल्द ही चला जाएगा। दुःख तो जीवन में आता-जाता रहता है।**' सुख इसलिए स्थायी है क्योंकि आनंद और समग्रता से खिलना-खुलना मनुष्य का मूल स्वभाव है।

अपने स्वभाव को जानकर, व्यवहार कुशलता की कला पाकर अपना दर्शन करें क्योंकि आपका व्यवहार आपका दर्पण है। स्वदर्शन करके आंतरिक पूर्णता प्राप्त करें। उसके बाद चार बातों की पूर्णता प्राप्त करें, जो अगले आखिरी अध्याय का मकसद है।

आपका मनन प्रतिसाद :

* जीवन में जब गलत आदतें और मान्यता रूपी मवाली यात्री घुस आएँ तब मन रूपी चेन खींचनी चाहिए।

* जिस तरह माली को यह दिखाई देता है कि कौन सा बीज, कैसे और कितना खिल सकता है, उसी तरह एक गुरु को भी दिखाई देता है कि एक शिष्य में समग्रता से खिलने और खुलने अर्थात विकास करने की कितनी संभावना है।

* शरीर से तो सभी पूर्ण विकसित हो जाते हैं मगर क्या मन से और बुद्धि से भी सभी को पूर्णता प्राप्त होती है?

* सफल जीवन उसी का है, जो पूरी तरह खिलता-खुलता है और विकास करता है।

* जब जीवन में आपने जो निश्चय किया, उस पर काम किया और वह कार्य पूरा भी हुआ तो ही योग्य विकास हुआ।

* सारी मान्यताएँ टूटें और जीवन की अपूर्व सुंदरता सामने आए, इसके लिए ज़रूरी है कि इंसान मनाली स्टेशन पर उतरना बंद कर दे और मवाली यात्रियों को अंदर न आने दें।

* गुरु की कृपा से जब जीवन में आनंद आए तब उस आनंद पर कभी भी शंका न करें।

* जब इंसान के जीवन में सुख आता है तब उसे शंका होती है कि यह सुख अस्थायी तो नहीं है, चला तो नहीं जाएगा लेकिन जब उसके जीवन में दुःख आता है तब उसे दुःख पर कभी शंका नहीं आती क्योंकि इंसान दुःख को स्थायी समझता है।

* बुरी बातों पर हमें जल्दी यकीन आता है और अच्छी बातों पर हमें यकीन नहीं आता।

- सुख इसलिए स्थायी है क्योंकि आनंद मनुष्य का मूल स्वरूप है और समग्रता से खिलना-खुलना मनुष्य का मूल स्वभाव है।

- अपने स्वभाव को जानकर, व्यवहार कुशलता की कला पाकर अपना दर्शन करें क्योंकि आपका व्यवहार आपका दर्पण है।

दर्ज़ी बनकर लोक व्यवहार न करें

लोक व्यवहार करते वक्त अपने मन की रची-रचाई कथा में लोगों को फिट करना बंद करें। लोक व्यवहार करते वक्त अकसर हम दर्जी बन बैठते हैं। हमें लगता है कि हमने जो कोट सिया है, सामनेवाला उसमें फिट हो जाए। अर्थात हम चाहते हैं कि सामनेवाला हमारी मान्यताओं अनुसार बरताव करे। यदि सामनेवाला हमारे कोट में फिट नहीं आता तो हमें गुस्सा आता है।

इसलिए ज़रूरी है कि हम दूसरों के प्रति अपनी कथाओं, ज़िद और मान्यताओं को छोड़ें तथा जो जैसा है, उसे वैसा स्वीकार करें।

अध्याय उन्नीस

पूर्णता व समग्रता की कला सीखें

कल-कल की नकल न करें

जो पूर्ण होगा वह दूसरों को पूर्ण करेगा।
जो अधूरा रहेगा वह दूसरों को भी अधूरा रखना चाहेगा।

पूर्ण ऊर्जा सहित अखण्ड जीवन जीने की कला, हर इंसान को सीखनी चाहिए। जब भी आप अपने जीवन में किसी छोटे कार्य से लेकर बड़े कार्य में पूर्णता देखते हैं यानी अपने काम को मुकाम तक पहुँचाते हैं तब आप संतुष्ट और आनंदित होते हैं। ऐसी संतुष्टि आप हरदम चाहते हैं। जीवन के हर कार्य से आप संतुष्टि और आनंद चाहते हैं। जब आप कोई कार्य पूर्ण एकाग्रता से सभी इंद्रियों को मिलाकर करते हैं तब वह काम समग्रता से पूर्ण होता है।

यदि आपका कोई काम आधा रह गया है तो आपको बार-बार उसी काम के विचार आते हैं। ऐसे कितने काम आपके जीवन में आज भी हैं, जो आपको बुला रहे हैं क्योंकि वे पूर्ण नहीं हुए हैं या उन्हें समग्रता से पूर्ण नहीं किया गया है।

पूर्ण और समग्र जीवन जीने की कला सीख जाने के बाद जब आपके शरीर की मृत्यु होगी तब वह ऐसी नहीं होगी जैसे साधारण लोगों की होती

है। लोग अपूर्णता के एहसास में मरते हैं, जो सभी को दुःख देता है।

जैसे एक इंसान मर रहा है और वह कहता है, 'मेरी बेटी, बेटे, भाई, ताऊ को बुलाओ, मेरे जमाई को बुलाओ।' जब सभी रिश्तेदार उसके सामने आकर खड़े होते हैं तो वह पूछता है कि 'सभी यहाँ हैं तो फिर दुकान पर कौन है?' क्योंकि दुकान भी उसे अधूरी दिखाई दे रही है।

अगर इंसान का किसी से कुछ मन मुटाव हो गया हो तो मरते वक्त वह उस इंसान से माफी माँगता है। किसी को उसने कुछ मदद नहीं की हो तो अपने जीवन की आखिरी घड़ी में वह उसे कहता है, 'तुम्हारे लिए मैं इतने पैसे छोड़कर जा रहा हूँ, मेरी वसीयत इस तरह कर दो।' इस तरह मरते वक्त इंसान को वे सारी बातें याद आती हैं, जो उसने जीवन में अपूर्ण छोड़ दी हैं। उस वक्त वह सोचता है कि 'काश! ये सब मैंने जीवन में पहले ही किया होता तो आज ऐसी मौत नहीं होती।'

वर्तमान और पूर्णता का महत्त्व

आपको पूर्णता और समग्रता का महत्त्व पूरी तरह से समझना है। मृत्यु के पहले आपको उस स्थान (हृदय/तेजस्थान) पर पहुँचना है जहाँ आप पूर्ण हैं। मरते वक्त कोई कितना भी पूर्ण करे मगर वह कुछ न कुछ अपूर्ण छोड़कर ही जाएगा। उसके जीवन में जो कुछ छूटा हुआ है, वह उसका पीछा नहीं छोड़ेगा, अपूर्णता का विचार उसके मन में हमेशा आएगा। इसलिए जीवन के रहते ही हर चीज़ को जल्द से जल्द पूर्ण करने की कला सीखें।

क्या आपने कभी सोचा है कि आपका मन भविष्य और भूतकाल में ही क्यों जाता है? वर्तमान में क्यों नहीं रहता? वर्तमान में पूर्णता क्यों नहीं है? क्या आपको पता है कि वर्तमान में पूर्णता पाने के लिए कहीं जाने की ज़रूरत नहीं है क्योंकि वर्तमान यानी जिस क्षण आप जहाँ हैं, वह वर्तमान है, जो ज़िंदा और सदा पूर्ण है।

आपका मन भूतकाल में इसलिए जाता है क्योंकि वहाँ कुछ छूट गया है। भूतकाल में आपके साथ कुछ अपूर्णता थी, आपको कुछ अपूर्ण मिला था या आपके साथ कोई घटना हुई थी, जिसे याद करके आपको अपूर्णता का एहसास होता है। उदा. 'मुझे ऐसा कहना चाहिए था... ऐसा करना चाहिए था... उसने मुझे ऐसा कहा था... काश! मैंने उसे ऐसा कहा होता... उस वक्त तो वह बात कहनी याद नहीं आई लेकिन काश ऐसा हुआ होता इत्यादि। इस तरह आप देखेंगे कि बचपन से लेकर आज तक आपके द्वारा कितना कुछ किया गया है, जो अपूर्ण है, जो आपका पीछा नहीं छोड़ रहा है। उसी अपूर्णता के एहसास को आज तक आप अपने कंधों पर लेकर घूम रहे हैं।

आपका मन भविष्य में इसलिए जाता है क्योंकि वर्तमान में आपके कुछ काम अधूरे रहते हैं, जिनके बारे में आपको विचार आते हैं कि वे काम कैसे पूर्ण होंगे और पूर्ण हुए तो कैसे दिखेंगे? इस एहसास की वजह से आपके मन में भविष्य के सवाल आते हैं क्योंकि आपकी वर्तमान में पूर्णता नहीं है।

लोग कहते हैं, 'वर्तमान में रहना मुश्किल है... मन बार-बार भूतकाल या भविष्यकाल में कल-कल करता है।' मगर कभी आपने यह जानने की कोशिश की होती कि आपका मन क्यों कल की नकल करता है। यह जानकर आपका वर्तमान में रहना सहज होगा।

यदि पूर्णता और समग्रता आपके अंदर है तो आपका मन भूत और भविष्य में नहीं भागेगा इसलिए हर काम पूर्ण करने की कला जल्दी सीखें। सुबह से लेकर रात तक, जन्म से लेकर मृत्यु तक हर चीज़ को पूर्ण करें। अगर आप पूर्ण हो जाएँगे तो जन्म और मृत्यु के चक्कर से छूट जाएँगे।

सबसे पहले पूर्णता को समझना है। जब आप हाथ जोड़कर प्रार्थना करते हैं या किसी को शुभेच्छा देते हैं तो आप अपने दोनों हाथ जोड़ते हैं। हाथों को जोड़ना यानी क्या? यदि केवल एक हाथ सामने लाया जाए

तो आपको अधूरा-अधूरा लगेगा और जब एक हाथ के साथ दूसरा हाथ जुड़ता है तब आपको पूर्णता का एहसास होता है।

इसी तरह किसी धर्म में कोई एक हाथ दिखाता है और सिर को झुकाकर अभिवादन करता है क्योंकि अलग-अलग प्रथाएँ और पद्धतियाँ हैं। हर धर्म में अलग-अलग ढंग से अभिवादन होता है। किसी का एक हाथ के साथ सिर झुकाना पूर्णता है।

जीवन में अपूर्णता किसी को भी पसंद नहीं है। एक छोटे बच्चे को आधा लड्डू दिया तो उसे भी आधा लड्डू खाना पसंद नहीं आता मगर वही आधा लड्डू तोड़कर और फिर से उसे गोल बनाकर पूर्ण करके बच्चे को दिया गया तो वह बड़ा खुश होता है क्योंकि अब उसका एहसास यह होता है कि जो चीज़ उसे मिली है वह पूर्ण मिली है, आधी-अधूरी नहीं मिली है।

पूर्णता का महत्त्व समझें और आज से ही जो चीज़ें आपके जीवन में अपूर्ण रह गई हैं, उन्हें पूर्ण करना शुरू कर दें। कई सारी ऐसी चीज़ें हैं जो आपको पता ही नहीं कि अपूर्ण हैं इसलिए उन्हें पूर्ण करने का आपको कभी खयाल भी नहीं आता।

लोगों के साथ भी आपके कितने अपूर्ण संबंध चल रहे हैं। आप सुबह से लेकर रात तक जो क्रियाएँ कर रहे हैं, वे सभी अपूर्ण हैं इसलिए आपको स्वप्न आते हैं। फिर स्वप्न में आपके अपूर्ण कार्य पूर्ण किए जाते हैं। जो काम दिनभर अधूरे रह गए हैं, उन्हें स्वप्न में पूर्ण किया जाता है। उनमें भी कुछ कार्य पूर्ण हो जाते हैं तो कुछ अधूरे रह जाते हैं। इंसान की मृत्यु होने तक वह अज्ञान में अपूर्ण को पूर्ण करने में लगा रहता है। इसलिए आपको हर कार्य को पूर्ण करने की समझ दी जा रही है। मृत्यु तक आप इंतज़ार न करें कि 'तब फलाँ-फलाँ काम पूर्ण करेंगे' बल्कि जितना जल्दी हो सके पूर्णता में समग्रता से स्थापित हो जाएँ।

आपका मनन प्रतिसाद :

* पूर्णता यानी जब भी आप जीवन में किसी छोटे कार्य से लेकर बड़े कार्य में पूर्णता देखते हैं तब आप संतुष्ट और आनंदित होते हैं।

* समग्रता यानी जब आप कोई कार्य पूर्ण एकाग्रता से सभी इंद्रियों को मिलाकर करते हैं तब वह काम समग्रता से होता है।

* मृत्यु के पहले आपको उस स्थान पर पहुँचना है, जहाँ आप पूर्ण हैं।

* जीवन रहते ही हर चीज़ को जल्द से जल्द पूर्ण करने की कला सीखें।

* यदि पूर्णता व समग्रता आपके अंदर है तो आपका मन कल-कल यानी भूत और भविष्य में नहीं भागेगा इसलिए हर काम पूर्ण करने की कला सीखें।

* लोग अपूर्णता के एहसास में मरते हैं, जो सभी को दुःख देता है।

* वर्तमान में पूर्णता पाने के लिए कहीं जाने की ज़रूरत नहीं है। वर्तमान यानी जिस क्षण आप जहाँ हैं, वह वर्तमान है, जो ज़िंदा और सदा पूर्ण है।

अखण्ड व्यवहार

जैसे हमारे विचार और भाव होते हैं, वैसे ही हमारे उच्चार होते हैं और जैसे हमारे उच्चार होते हैं, वैसा ही हमारा आचार (आचरण) होता है । अगर विचार और भाव नकारात्मक है तो उच्चार नकारात्मक और आचार भी नकारात्मक होगा। जैसा हमारा आचार होगा, वैसा ही उसका कर्म-फल होगा। कोई चोरी करे और कहे, 'मुझे उसका फल नहीं चाहिए' तो ऐसा नहीं होगा। अगर आचार (व्यवहार) चोरी का है तो जेल जाने का फल तो मिलेगा ही। हाँ, अगर आपको वास्तव में जेल जाने का फल नहीं चाहिए तो अपना आचार बदलना पड़ेगा और आचार बदलना है तो उच्चार बदलना होगा और उच्चार बदलना है तो विचार बदलना ही होगा।

अध्याय बीस

समग्र व्यवहार से पहले पूर्णता की खोज
पूर्णता का आखिरी पड़ाव

*किसी भी विचार को चुंबकीय अथवा पीतलमय
बनाने के लिए हमारी भावनाएँ ज़िम्मेदार हैं।
भावनाओं में बहकर गलत निर्णय लेने का प्रतिसाद,
समग्र व्यवहार का दुश्मन है।*

हर इंसान के अंदर एक खोजी छिपा होता है। जीवन की असुविधाजनक, असुरक्षित और असुखद घटनाओं में यह खोजी जागृत होता है। समग्र व्यवहार का ज्ञान न होने की वजह से इंसान अपने भीतर के खोजी को दबा देता है। वह उसे खोज करने के लिए समय ही नहीं देता।

पृथ्वी पर आने का लक्ष्य प्राप्त करने की चाह रखनेवाला लक्ष्यार्थी अपने खोजी को खिलने, खुलने और पूछताछ करने की अनुमति देता है। यह अनुमति पाकर खोजी पृथ्वी की समस्याओं का सीधा-सहज और प्रभावशाली हल निकाल लेता है। क्या आपने अपने खोजी को अनुमति दे रखी है? यदि हाँ तो व्यवहार कुशलता, जीवन और मृत्यु का महासत्य, पृथ्वी पर जीने के चार तरीके आप बड़ी आसानी से सीख पाएँगे।

यह ज्ञान न होने की वजह से इंसान दिखावटी सत्य* की इच्छाओं में उलझ जाता है। मनुष्य के अंदर एक इच्छा के पूर्ण होते ही दूसरी इच्छा जन्म ले लेती है। दूसरी इच्छा के पूर्ण होते ही तीसरी, तीसरी के बाद चौथी... पाँचवीं... छठवीं... अनंत। इन इच्छाओं को पूरा करने के लिए वह नए-नए रास्तों की तलाश करता है परंतु इस तरीके से उसे कभी भी आत्मसंतुष्टि नहीं मिलती। फिर उसके अंदर सवाल उठता है कि आत्मसंतुष्टि व पूर्णता कहाँ मिलती है? इस प्रश्न का उत्तर आगे के प्रश्न में छिपा है कि समग्रता से खिलना, खुलना क्यों आवश्यक है?

सुबह से लेकर शाम तक मनुष्य जो भी कार्य कर रहा है, उस कार्य के दौरान, बीच-बीच में उसे अपने आपसे प्रश्न पूछने चाहिए कि 'मैं ये सब क्यों कर रहा हूँ? सुबह उठकर मैं नौकरी पर क्यों जाता हूँ? अखबार क्यों पढ़ता हूँ? किसी को कब और क्यों डाँटता हूँ? किसी अनावश्यक वस्तु की खरीददारी कब और क्यों करता हूँ? दूसरों का प्यार और ध्यान पाने के लिए मैं कौन सी अनावश्यक क्रियाएँ करता हूँ? कार्य का फल (परिणाम) आने पर मैं फल में क्यों अटक जाता हूँ? मैं नकाब में कब और किसके सामने रहता हूँ? बच्चों के सामने मेरा नकाब क्यों हट जाता है? मैं कब अपने असली चेहरे में रहता हूँ? मैं कौन हूँ?' ऐसे कई सारे प्रश्न उसके अंदर निर्माण होने चाहिए। कुछ प्रश्नों के उत्तर में उसे पता चलेगा कि उसे आनंद और आत्मसंतुष्टि की तलाश है। उसे अपने जीवन में कुछ कमी महसूस होती है, जिसे वह पूर्ण करना चाहता है। इंसान के अंदर का खोजी, अपनी पूछताछ करके इस कमी को पूर्ण करना चाहता है। जब तक उसे पूर्णता नहीं मिलती तब तक उसकी खोज जारी रहती है। इस तलाश का अंत तब ही होता है, जब वह पूर्ण खुल, खिलकर समग्र जीवन जीता है। ऊपर दिए गए सारे सवाल आपके अंदर के खोजी को जगा सकते हैं इसलिए खोद-खोदकर खोज करें।

समग्रता व पूर्णता करना हर इंसान की अदृश्य चाहत है। नकली चाहतों के बीच असली चाहत दृश्य रूप धारण नहीं कर पाती इसलिए

---

*दिखावटी सत्य यानी जो दिखाई देता है मगर सत्य नहीं होता।

इंसान अपूर्णता का दुःख अज्ञान की जेल में झेल रहा है।

इसे समझने के लिए यहाँ एक साधारण घटना का उल्लेख करना आवश्यक है। आप अपने शहर से कहीं बाहर जा रहे हैं। आपको ट्रेन पकड़नी है। जाने से पहले आप सबसे मिल लेते हैं। आपको अपने छोटे भाई से बेहद लगाव है, उस छोटे भाई से आप नहीं मिल पाते। कारण आपकी ट्रेन का समय हो गया था और आपको उससे मिले बिना ही जाना पड़ा। अब आपको कैसा लगेगा? ट्रेन के पूरे सफर में आपको अपने अंदर कुछ कमी महसूस होगी। दिल में अजीब एहसास होगा। मंज़िल पर पहुँचकर भी अपने अंदर आपको अधूरेपन की अनुभूति होगी। आपको ऐसा लगेगा कि आप कुछ पूर्ण करना चाहते थे, जो पूर्ण नहीं हुआ। यदि आप भाई से मिलते भी तो उससे यही कहते, 'अच्छा! मैं चलता हूँ।' मगर आप यह छोटा सा वाक्य नहीं कह पाए इसलिए आपका मन पूर्णता के अभाव में बेचैन रहता है।

एक छोटे वाक्य की अपूर्णता दुःख दे सकती है तो खुद के खोने की अपूर्णता कितना बड़ा दुःख निर्माण कर सकती है! जब इंसान जो वह है, नहीं बन पाया तो उसके अंदर एक कमी का एहसास रहता है। उसे लगता है कि 'कुछ तो छूट गया है... कुछ तो अधूरा है... कोई तो बताए... कोई तो वह पूर्णता लाए ताकि मैं संतुष्टि और संतुलन महसूस करूँ।' वह सोचता है, 'मैं ऐसा क्या करूँ जिससे मुझे पूर्णता का एहसास हो, मैं पूर्ण हो जाऊँ और अंदर से हर वक्त आनंद और संतुष्टि का एहसास करूँ।'

पूर्णता के चार क्षेत्र

चार तरह की पूर्णताएँ होनी चाहिए। जब ये पूर्णताएँ होती हैं, तब इंसान का जीवन समग्र बनता है। ये चार पूर्णताओं के क्षेत्र हैं –

१) वर्तमान, भूतकाल और भविष्यकाल

२) नींद और स्वप्न

३) जागरण

४) स्वअनुभव यानी स्वबोध

चौथी पूर्णता प्राप्त होने के बाद इंसान का जीवन समग्रता से पूर्णता प्राप्त करता है।

अपने आपसे सवाल पूछें, 'क्या तुम पूर्ण हो?' R U complete? आर यू का दूसरा अर्थ है राउन्ड-अप (Round-up) करना। किसी चीज़ को पूर्ण करने को राउन्ड-अप कहते हैं। 'क्या आप पूर्ण हैं?' जब यह पंक्ति आप अपने आपसे पूछेंगे तब हर दिन आपको कुछ-न-कुछ याद आएगा जैसे 'मैंने किसी से कुछ पैसे लिए हैं और वे पैसे वापस नहीं लौटाए हैं तो चलो आज ही यह काम पूर्ण करते हैं।'

एक इंसान दूसरे इंसान से कहता है, 'वह देखो शामू यहीं पर आ रहा है। उससे मैंने दो सौ रुपए उधार लिए हैं और अब मैं उसके पैसे नहीं लौटा सकता। वह मुझे देखेगा तो पहले पैसे माँगेगा इसलिए मैं अभी यहाँ से खिसक लेता हूँ।' इस पर दूसरा इंसान कहता है, 'वह यहाँ नहीं आएगा क्योंकि उसने मुझसे पाँच सौ रुपए उधार ले रखे हैं।'

इस उदाहरण से समझें कि लोगों का कैसा अपूर्ण जीवन चल रहा है! यदि आपने पूर्ण करने की कला सीख ली है तो आप निश्चिंत होकर सबसे मिलेंगे। पूर्णता करने के बाद आप किस तरह चलेंगे? किस तरह का डर आपके मन में होगा? पूर्णता करने के बाद आपको कोई डर नहीं होगा, आप खिलकर-खुलकर चलेंगे।

मनमुटाव मिटाने की कला

समग्रता से जीने और पूर्णता करने के लिए खुल जाएँ। लोगों के साथ आपका जो मनमुटाव है, उसे मिटाने के लिए उन तक अपने दिल की बात पहुँचाएँ। किसी के प्रति आपके मन में कोई बात रह गई हो तो

उनसे कहें, 'मेरे मन में आपके लिए यह बात इतने दिनों से थी, जो मैं आपको नहीं बता पाया मगर आज मैं बताना चाहता हूँ।' साथ ही यह भी कहें कि 'यह आप पर दोष देना नहीं है बल्कि मेरी भावना है जो मैंने आप तक पहुँचाई। शायद मैं गलत भी हो सकता हूँ लेकिन मैंने अपनी तरफ से राउन्ड अप किया, पूर्णता की।' यह कहकर आप अपनी तरफ से पूर्ण हो गए। अब आप अपने मन में वह अपूर्ण बात लेकर नहीं घूमेंगे और आपको उस इंसान को देखकर कपट करने की ज़रूरत नहीं रहेगी वरना लोग बिना वजह असुविधा से बचने के लिए कपट करते रहते हैं।

एक इंसान बाज़ार में एक कबाड़ी के दुकान पर गया। वहाँ पुराने ज़माने की एक पहलवान की खूबसूरत तसवीर थी। उस इंसान को वह तसवीर खरीदनी थी। मगर जब उसने दुकानदार से भाव-तोल किया तब उसके पास १०० रुपए कम पड़ रहे थे इसलिए वह तसवीर नहीं ले पाया। फिर कुछ दिनों बाद उस इंसान ने अपने मित्र के घर में वही तसवीर देखी। तब उसने मित्र से पूछा, 'इस तसवीर में ये कौन हैं?' मित्र ने जवाब दिया, 'ये मेरे दादाजी हैं।' यह सुनकर उस इंसान ने कहा, 'अगर उस वक्त मुझे सौ रुपए मिले होते तो आज ये मेरे दादाजी होते।'

इस उदाहरण से बताया जा रहा है कि लोगों द्वारा अपूर्ण जीवन को छिपाने और नकली शान दिखाने के लिए किस तरह का कपट चल रहा है। इंसान को यह पता ही नहीं है कि उसके द्वारा ऐसे झूठ बोले जाते हैं, जो कभी पूर्ण नहीं होते और वह दूसरों में अपनी गलत छाप छोड़ देता है। ऐसा इंसान अधूरा-अधूरा महसूस करता है। कुछ इंसान ऐसे भी होते हैं, जिन्हें लगता है चूँकि सामनेवाला ऐसा कर रहा है इसलिए मैं ऐसा गलत व्यवहार कर रहा हूँ।

अपने आपसे पूछें, 'क्या इस तरह का जटिल व्यवहार आपकी नींद और चैन मिटा देता है या नींद को पूर्ण बनाता है? क्या सुबह आप पूर्ण

नींद लेकर उठते हैं या बहुत सारी बातें नींद में आपको परेशान करती हैं, स्वप्न में आती हैं?' बहुत सारे स्वप्न आपके अधूरे रह गए हैं। जीवनभर उन सपनों को पूरा करने की चाहत आपमें होती है। उन सपनों के साथ भी अगर आप पूर्णता कर लेते यानी एक बार पक्का कर देते कि आप किस तरह के स्वप्न पूर्ण करना चाहते हैं तो भी आप अपने आपको पूर्ण महसूस करते।

हर एक की अलग-अलग चाहतें और इच्छाएँ हैं, जो अधूरी हैं, अपूर्ण हैं। उन्हें पूर्णता का अंजाम दिया जाना चाहिए। जब 'पूर्णता' करना आप समझ जाएँगे तब आपका मन भूतकाल और भविष्यकाल में भागना बंद कर देगा क्योंकि अब वर्तमान में उसे कुछ ऐसा मिलेगा जो पूर्ण है।

जब भी आप किसी से मिलें तो ये चार बातें देख लें –

१) वर्तमान, भूतकाल, भविष्य २) नींद, स्वप्न ३) जागरण ४) स्वबोध।

जब आपकी ये चार बातें पूर्णता प्राप्त करेंगी तब आप जानेंगे कि आप पूर्ण हैं। अगर इनकी शुरुआत भी हो जाए तो आपको पूर्णता की कुछ संतुष्टि महसूस होगी।

किसी इंसान से आपका १० साल पहले झगड़ा हुआ था तो आज उसके पास जाकर, उससे मिलकर आप पूर्णता कर सकते हैं कि 'मेरे मन में तुम्हारे लिए नकारात्मक भाव थे, जो अब नहीं हैं, आज मैं इसे तुम्हारे साथ बात करके पूर्णता करता हूँ। इसके बाद मुझे तुम्हारे बारे में वे झगड़े के विचार नहीं चाहिए। तुम्हें भी मेरे बारे में कुछ कहना हो तो तुम कह सकते हो ताकि तुम भी पूर्ण और समग्र हो जाओ।' इस तरह वह इंसान सामनेवाले को भी पूर्ण बनने का मौका दे रहा है ताकि वह भी अपनी ओर से पूर्णता करके पूर्ण होने का आनंद महसूस कर पाए। जो पूर्ण होगा वह दूसरे को भी पूर्ण करेगा। जो अधूरा रहेगा वह दूसरे को भी अधूरा रखना चाहेगा।

'पूर्णता व समग्रता' की समझ प्राप्त करनेवाले इंसान का संबंध पत्नी,

पिताजी, पड़ोसी के साथ हो तो उसमें भी वह पूर्णता करता है। उसकी समझ ऐसी नहीं है कि 'मैं अधूरा हूँ तो तुम मेरे साथ जुड़ जाओ ताकि हम पूर्ण हो जाएँ।'

दूसरों के द्वारा पूर्ण होने की समझ बदलें। अपनी तरफ से पूर्णता करना शुरू करें। सामनेवाले से अपना अधूरापन मिटाने की कोशिश न करें। आधा-आधा जब जुड़ता है तब वह पूर्णता नहीं है। दो आधे जुड़कर पूर्ण नहीं बन पाते। वे एक दूसरे के ऊपर बोझ बने रहते हैं। उनमें पूर्णता आधे से भी कम होती है। इस तरह के दो आधे लोग दूसरों के द्वारा पूर्ण बनना चाहते हैं और आधे से कम हो जाते हैं। वे पूर्ण नहीं बन पाते इसलिए आपका संबंध पूर्णता से हो कि 'मैं पूर्ण हूँ, आप पूर्ण हैं, हम अपनी-अपनी पूर्णता शेअर करेंगे।'

पूर्णता के साथ यह न समझें कि सिर्फ बुरी बातों के लिए ही हमें पूर्णता करनी है बल्कि अच्छी बातें भी आप पूर्ण कर सकते हैं। यदि किसी के सकारात्मक पहलू जो आपको अच्छे लगे हों तो वे भी सामनेवाले को बताएँ वरना कई लोग कुछ अच्छी बातें जो जीवनभर दूसरों के लिए महसूस करते हैं, वे उन्हें बता नहीं पाए तो ये बातें भी आपको अपूर्णता का एहसास देती हैं।

उदा. आपके घर का नौकर जो आपके घर में झाड़ू लगाता है, उसके प्रति आपके मन में विचार आया कि 'कितना अच्छा काम करता है' पर कभी आपने उससे यह कहा ही नहीं तो आपका यह व्यवहार भी आपको अपूर्णता का एहसास देगा। इसलिए लोगों की जो बातें आपको पसंद आती हैं या खटकती हैं वे उन्हें अच्छे शब्दों में बताकर पूर्ण करें।

पूर्णता करने में सामान्य ज्ञान यानी कॉमन सेंस का उपयोग ज़रूर करें। आपकी पूर्णता को सामनेवाला गलत ढंग से लेनेवाला है तो मौन रहें। आपकी पूर्णता को यदि सामनेवाला हमदर्दी, शिकायत अथवा प्यार इत्यादि समझकर आपको परेशान करने लगे तो ऐसी पूर्णता से बचना चाहिए।

आज से ही पूर्णता की पूर्ण समझ बढ़ाएँ। वर्तमान में यदि किसी के बारे में कुछ खटका है या कुछ पसंद आया है तो वह उसके साथ पूर्ण करें। आज के बाद जब भी आप किसी से मिलें तो अपने आपसे पूछें कि 'आज का जो हमारा वार्तालाप हुआ, वह पूर्ण हुआ कि नहीं हुआ?' यदि आपको लगे कि पूर्ण नहीं हुआ है तो आप रुकें और उस इंसान से कहें कि 'देखिए मैंने इस-इस तरह आपको कहा अगर आपको बुरा लगा हो तो क्षमा करें।' सामनेवाले से यह पूछना ज़रूरी है कि कहीं उसे बुरा तो नहीं लगा। आपकी बातें सुनकर, आपकी पूर्णता देखकर हो सकता है कि सामनेवाला आपसे कहे, 'ऐसी कोई बात नहीं है, मैं भी अगर आपकी जगह पर होता तो शायद यही करता।' इस तरह यहाँ पर समग्रता से पूर्णता हुई। अब न ही वह अपने मन में आपके बारे में कुछ लेकर जा रहा है और न ही आप उसके बारे में कुछ लेकर जा रहे हैं। आप दोनों ने उस घटना को वहीं पर पूर्ण करके छोड़ दिया।

इस तरह आपके जीवन में जो भी घटनाएँ हों, उन्हें पूर्ण करके छोड़ दें, न कि उसका बोझ लेकर घूमें। पूर्णता की कला से ही आप बोझ से मुक्त होंगे। फिर आपको न ही भविष्य की चिंता सताएगी और न ही भूतकाल की ग्लानि, सब कुछ विलीन हो जाएगा। आज आप पूर्णता की कला और वर्तमान में रहना सीख जाएँ तो आपकी सारी समस्याएँ व सारे बोझ कम होने शुरू हो जाएँगे।

आज से ही निश्चित करें कि कहीं भी किसी से वार्तालाप, क्रिया, रिश्ते अपूर्ण रह गए हैं तो वे पूर्ण करके ही लौटेंगे। आपकी ज़्यादा से ज़्यादा कोशिश समग्र व्यवहार करने की हो। जिससे आप पूर्ण नींद ले पाएँगे वरना कुछ बातें अधूरी रह जाने के कारण आप अधूरी नींद ही कर पाते हैं। आपके जीवन की अपूर्ण बातें, चिंताएँ और मान्यताएँ आपके नींद में बाधा हैं, जो आपको सोने नहीं देतीं, उन मान्यताओं को हटाना पूर्णता है। जागृत अवस्था में आप पूर्णता और समग्रता के साथ, होश में जी रहे हैं तो यह जागरण आपके जीवन में पूर्णता लाएगा।

पूर्णता का आखिरी पड़ाव

आप बचपन से जो करते आए हैं, आज भी वही कर रहे हैं तो यह बेहोशी में जीना हुआ। बचपन से जब भी आपको डर आया तब आप उस डर से भागे और आज भी डर आने पर भाग रहे हैं तो अपने आपसे पूछें कि 'क्या आज भी मुझे डर से भागने की ज़रूरत है?' भागना पुराना समाधान (हल) था, जो उस वक्त सुरक्षा दे पाया तब आप बच्चे थे, तब आपकी सुरक्षा इसी में थी कि आप वहाँ से भाग जाएँ मगर क्या आज भी भागने की आवश्यकता है? आज तो समझ बढ़ी है, ताकत बढ़ी है, क्या आज भी वही करना है? जब आप बेहोशी में रहना बंद कर देंगे तब जागृति होगी और जागृत अवस्था में ही आप पूर्णता पाएँगे।

हमारी जो भी इच्छाएँ हैं, उनमें से हर इच्छा को लेकर हम अपने आपसे पूछें कि 'क्या वाकई यह मेरी ज़रूरत है या चाहत है? क्या आप चाहते हैं कि यह इच्छा पूरी हो जाए या सिर्फ ये इच्छाएँ बिना किसी से पूछे आती रहती हैं, बिना पूर्ण हुए चलती रहती हैं। सजगता के साथ अपनी योग्य इच्छाओं का चुनाव करें और उन इच्छाओं को लेकर मेहनत करें, उन्हें पूर्ण करें।

पूर्णता का आखिरी पड़ाव है, अपने मूल स्थान (हृदय, तेजस्थान) पर स्थापित होना, स्वयं के साथ पूर्णता करना। इसकी शुरुआत आपने पुस्तक को पूर्ण पढ़कर कर दी है। स्वयं के साथ पूर्णता की यात्रा को मंज़िल मिले, आपके मन को पृथ्वी लक्ष्य और समग्र व्यवहार द्वारा तेजमहल बनाने का प्रशिक्षण मिले, यह प्रार्थना हम आपके लिए करते हैं। प्रार्थना का जवाब अगली, नई पुस्तक हो सकती है।

आपका मनन प्रतिसाद :

* वास्तव में जब इंसान जो वह है, नहीं बन पाया तो उसके अंदर एक कमी का एहसास रहता है। पूर्णता का एहसास हर कमी को दूर कर देता है।

* यदि रोज़ के कामों को पूर्ण करने की आदत डाली जाए तो संतुष्टि बढ़ेगी, बिना कारण आनेवाले विचार बंद हो जाएँगे और मनुष्य जल्द ही पूर्णता प्राप्त कर लेगा।

* एक छोटे वाक्य की अपूर्णता दुःख दे सकती है तो खुद के खोने की अपूर्णता कितना बड़ा दुःख निर्माण कर सकती है! इस पर मनन करें।

* जब आप सिकुड़ना बंद कर देंगे तब आपका समग्र विकास होना शुरू हो जाएगा। कोई मुट्ठी को ज़ोर से कसकर कहे कि 'अब इसे कैसे खोलूँ?' तो उसे कहा जाएगा, 'सिर्फ मुट्ठी कसना बंद कर दो तो मुट्ठी अपने आप खुल जाएगी।' आपकी पूर्णता आपकी मुट्ठी में है।

* यदि आप पूर्ण हो जाएँगे तो जन्म और मृत्यु के चक्कर से छूट जाएँगे।

* दूसरों के द्वारा पूर्ण होने की समझ बदलें। अपनी तरफ से पूर्ण करना शुरू करें। सामनेवाले से अपना अधूरापन मिटाने की कोशिश न करें।

* आपके जीवन की अपूर्ण बातें, चिंताएँ और मान्यताएँ आपके नींद में बाधा हैं, जो आपको सोने नहीं देतीं, उन मान्यताओं को हटाना पूर्णता है।

* जागृत अवस्था में आप पूर्णता और समग्रता के साथ, होश में जी रहे हैं तो यह जागरण आपके जीवन में पूर्णता लाएगा।

यह पुस्तक पढ़ने के बाद अपना अभिप्राय (विचार सेवा) इस पते पर भेज सकते हैं : Tej Gyan Global Foundation, Pimpri Colony Post office, P.O. Box 25, Pune - 411 017. Maharashtra (India).

लोक व्यवहार के चार तरीके

	१	२	३	४
प्रतिसाद	**अग्र-उग्र**	**नम्र-सब्र**	**विप्र-विलंब**	**समग्र**
मुद्रा	मध्यमा	कनिष्ठा	अनामिका	तर्जनी
पहलू	विचार	उच्चार	आचार	संचार
विचार	कलाबी	मायावी	क्रियावी	सत्यावी
उच्चार	रूखा	कठोर	समदृष्टि	प्रेममय
आचार	नकारात्मक	सकारात्मक	तटस्थ	भक्तियुक्त
संचार	तमोगुणी	रजोगुणी	सत्वगुणी	गुणातीत
पूर्णता	वर्तमान, भूत,भविष्य	नींद, स्वप्न	जागरण	स्वबोध, स्वदर्शन
दूर करें	बेहोशी में किए गए कर्म	गलत वृत्तियाँ, पैटर्न	मान्यता/ अज्ञान	कुसंग
प्राप्त करें	पृथ्वी लक्ष्य/ समग्र व्यहवार	गुरु का दान, ज्ञान/समझ	नियंत्रण/मन का प्रशिक्षण	खुश लोगों का संघ
जीवन लक्ष्य	❑ जीवन का असली लक्ष्य है 'जीवन- जीवन को जाने, जीवन- जीवन की अभिव्यक्ति करे, जीवन- जीवन के गुणों को प्रकट करे, जीवन समग्र व्यवहार से आज़ादी का महा उत्सव मनाए।'			
	❑ मानव जीवन का लक्ष्य है समग्रता से खिलना, खुलना और खेल-ना। इंसान जब ईश्वर की लीला में खेलेगा, खुलेगा और पूर्ण खिलेगा तभी उसका पृथ्वी लक्ष्य पूर्ण होगा।			
	❑ समग्रता से अखंड यानी भाव, विचार, वाणी और क्रिया से एक होकर जीवन जीना मानव जीवन का पहला पृथ्वी लक्ष्य है।			
	❑ मानव जीवन का असली लक्ष्य है अपने आपको जानना जो शरीर, मन, बुद्धि के परे है। ...जो अपना होना, चेतना (Consciousness) की पहचान है, जो 'असली मैं' है। ... जो असीम है, जो व्यक्तिगत अहंकार से परे है।			
	❑ सच्चे आनंद की प्राप्ति और उसी आनंद की अभिव्यक्ति ही जीवन का कुल मूल लक्ष्य - क.म.ल है।			

तेजज्ञान फाउण्डेशन

चार तरह के व्यवहार

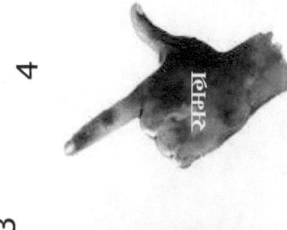

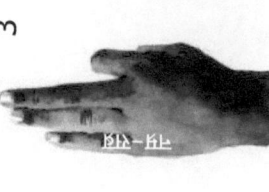

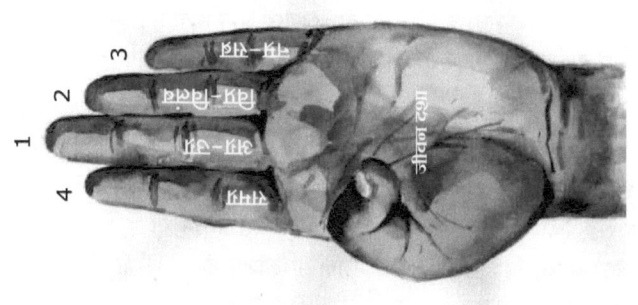

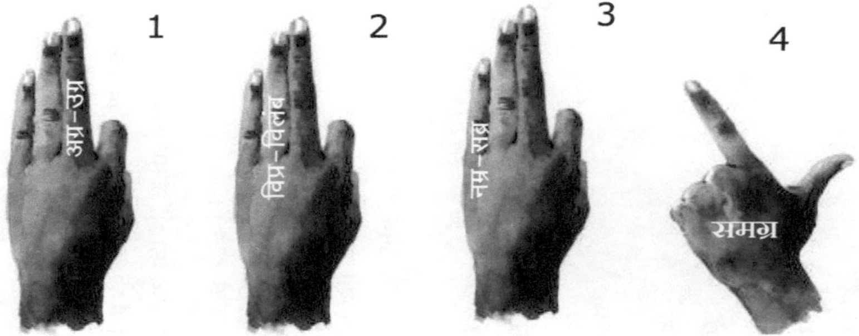

जीवन के ४ पहलू

१		२	३	४
क्रमांक	**विचार**	**उच्चार**	**आचार**	**संचार**
१	कलाबी	रूखा	नकारात्मक	तमोगुणी
२	क्रियावी	कठोर	सकारात्मक	रजोगुणी
३	मायावी	समदृष्टि	तटस्थ	सत्वगुणी
४	सत्यावी	प्रेम	भक्तियुक्त	गुणातीत

परिशिष्ट

सरश्री
अल्प परिचय

स्वीकार मंत्र मुद्रा

सरश्री की आध्यात्मिक खोज का सफर उनके बचपन से प्रारंभ हो गया था। इस खोज के दौरान उन्होंने अनेक प्रकार की पुस्तकों का अध्ययन किया। इसके साथ ही अपने आध्यात्मिक अनुसंधान के दौरान अनेक ध्यान पद्धतियों का अभ्यास किया। उनकी इसी खोज ने उन्हें कई वैचारिक और शैक्षणिक संस्थानों की ओर बढ़ाया। इसके बावजूद भी वे अंतिम सत्य से दूर रहे।

उन्होंने अपने तत्कालीन अध्यापन कार्य को भी विराम लगाया ताकि वे अपना अधिक से अधिक समय सत्य की खोज में लगा सकें। जीवन का रहस्य समझने के लिए उन्होंने एक लंबी अवधि तक मनन करते हुए अपनी खोज जारी रखी। जिसके अंत में उन्हें आत्मबोध प्राप्त हुआ। आत्मसाक्षात्कार के बाद उन्होंने जाना कि अध्यात्म का हर मार्ग जिस कड़ी से जुड़ा है वह है – समझ (अण्डरस्टैण्डिंग)।

सरश्री कहते हैं कि 'सत्य के सभी मार्गों की शुरुआत अलग-अलग प्रकार से होती है लेकिन सभी के अंत में एक ही समझ प्राप्त होती है। 'समझ' ही सब कुछ है और यह 'समझ' अपने आपमें पूर्ण है। आध्यात्मिक ज्ञान प्राप्ति के लिए इस 'समझ' का श्रवण ही पर्याप्त है।'

सरश्री ने ढाई हज़ार से अधिक प्रवचन दिए हैं और सौ से अधिक पुस्तकों की रचना की है। ये पुस्तकें दस से अधिक भाषाओं में अनुवादित की जा चुकी हैं और प्रमुख प्रकाशकों द्वारा प्रकाशित की गई हैं, जैसे पेंगुइन बुक्स, हे हाऊस पब्लिशर्स, जैको बुक्स, हिंद पॉकेट बुक्स, मंजुल पब्लिशिंग हाऊस, प्रभात प्रकाशन, राजपाल अ‍ॅण्ड सन्स इत्यादि।

तेजज्ञान फाउण्डेशन – परिचय

तेजज्ञान फाउण्डेशन आत्मविकास से आत्मसाक्षात्कार प्राप्त करने का एक रास्ता है। इसके लिए सरश्री द्वारा एक अनूठी बोध पद्धति (System for Wisdom) का सृजन हुआ है। इस पद्धति को अन्तर्राष्ट्रीय मानक ISO 9001:2008 के आवश्यकताओं एवं निर्देशों के अनुरूप ढालकर सरल, व्यावहारिक एवं प्रभावी बनाया गया है।

इस संस्था की बोध पद्धति के विभिन्न पहलुओं (शिक्षण, निरीक्षण व गुणवत्ता) को स्वतंत्र गुणवत्ता परीक्षकों (Quality Auditors) द्वारा क्रमबद्ध तरीके से जाँचा गया। जिसके बाद इन पहलुओं को ISO 9001:2008 के अनुरूप पाकर, इस बोध पद्धति को प्रमाणित किया गया है।

फाउण्डेशन का लक्ष्य आपको नकारात्मक विचार से सकारात्मक विचार की ओर बढ़ाना है। सकारात्मक विचार से शुभ विचार यानी हॅपी थॉट्स (विधायक आनंदपूर्ण विचार) और शुभ विचार से निर्विचार की ओर बढ़ा जा सकता है। निर्विचार से ही आत्मसाक्षात्कार संभव है। शुभ विचार (Happy Thoughts) यानी यह विचार कि 'मैं हर विचार से मुक्त हो जाऊँ।' शुभ इच्छा यानी यह इच्छा कि 'मैं हर इच्छा से मुक्त हो जाऊँ।'

ज्ञान का अर्थ है सामान्य ज्ञान लेकिन तेजज्ञान यानी वह ज्ञान जो ज्ञान व अज्ञान के परे है। कई लोग सामान्य ज्ञान की जानकारी को ही ज्ञान समझ लेते हैं लेकिन असली ज्ञान और जानकारी में बहुत अंतर है। आज लोग सामान्य ज्ञान के जवाबों को ज्यादा महत्त्व देते हैं। उदाहरण के तौर पर– कर्म और भाग्य, योग और प्राणायाम, स्वर्ग और नर्क इत्यादि। आज के युग में सामान्य ज्ञान प्रदान करनेवाले लोग और शिक्षक कई मिल जाएँगे मगर इस ज्ञान को पाकर जीवन में कोई बड़ा परिवर्तन नहीं होता। यह ज्ञान या तो केवल बुद्धि विलास है या फिर अध्यात्म के नाम पर बुद्धि का व्यायाम है।

सभी समस्याओं का समाधान है तेजज्ञान। भय से मुक्ति, चिंतारहित व क्रोध से आज़ाद जीवन है तेजज्ञान। शारीरिक, मानसिक, सामाजिक, आर्थिक और आध्यात्मिक उन्नति के लिए है तेजज्ञान। तेजज्ञान आपके अंदर है, आएँ और इसे पाएँ।

यदि आप ऐसा ज्ञान चाहते हैं, जो सामान्य ज्ञान के परे हो, जो हर समस्या का समाधान हो, जो सभी मान्यताओं से आपको मुक्त करे, जो आपको ईश्वर का

साक्षात्कार कराए, जो आपको सत्य पर स्थापित करे तो समय आ गया है तेजज्ञान को जानने का। समय आ गया है शब्दोंवाले सामान्य ज्ञान से उठकर तेजज्ञान का अनुभव करने का।

अब तक अध्यात्म के अनेक मार्ग बताए गए हैं। जैसे जप, तप, मंत्र, तंत्र, कर्म, भाग्य, ध्यान, ज्ञान, योग और भक्ति आदि। इन मार्गों के अंत में जो समझ, जो बोध प्राप्त होता है, वह एक ही है। सत्य के हर खोजी को अंत में एक ही समझ मिलती है और इस समझ को सुनकर भी प्राप्त किया जा सकता है। उसी समझ को सुनना यानी तेजज्ञान प्राप्त करना है। तेजज्ञान के श्रवण से सत्य का साक्षात्कार होता है, ईश्वर का अनुभव होता है। यही तेजज्ञान सरश्री महाआसमानी शिविर में प्रदान करते हैं।

महाआसमानी शिविर (निवासी)

क्या आपको उच्चतम आनंद पाने की इच्छा है? ऐसा आनंद, जो किसी कारण पर निर्भर नहीं है, जिसमें समय के साथ केवल बढ़ोतरी ही होती है। क्या आप इसी जीवन में प्रेम, विश्वास, शांति, समृद्धि और परमसंतुष्टि पाना चाहते हैं? क्या आप शारीरिक, मानसिक, सामाजिक, आर्थिक और आध्यात्मिक इन सभी स्तरों पर सफलता हासिल करना चाहते हैं? क्या आप 'मैं कौन हूँ' इस सवाल का जवाब अनुभव से जानना चाहते हैं।

यदि आपके अंदर इन सवालों के जवाब जानने की और 'अंतिम सत्य' प्राप्त करने की प्यास जगी है तो तेजज्ञान फाउण्डेशन द्वारा आयोजित 'महाआसमानी शिविर' में आपका स्वागत है। यह शिविर पूर्णतः सरश्री की शिक्षाओं पर आधारित है। सरश्री आज के युग के आध्यात्मिक गुरु और 'तेजज्ञान फाउण्डेशन' के संस्थापक हैं, जो अत्यंत सरलता से आज की लोकभाषा में आध्यात्मिक समझ प्रदान करते हैं।

महाआसमानी शिविर का उद्देश्य :

इस शिविर का उद्देश्य है, 'विश्व का हर इंसान 'मैं कौन हूँ' इस सवाल का जवाब जानकर सर्वोच्च आनंद में स्थापित हो जाए।' उसे ऐसा ज्ञान मिले, जिससे वह हर पल वर्तमान में जीने की कला प्राप्त करे। भूतकाल का बोझ और भविष्य की चिंता इन दोनों से वह मुक्त हो जाए। हर इंसान के जीवन में स्थायी खुशी, सही समझ और समस्याओं को विलीन करने की कला आ जाए। मनुष्य जीवन का उद्देश्य पूर्ण हो।

'मैं कौन हूँ? मैं यहाँ क्यों हूँ? मोक्ष का अर्थ क्या है? क्या इसी जन्म में मोक्ष प्राप्ति संभव है?' यदि ये सवाल आपके अंदर हैं तो महाआसमानी शिविर इसका जवाब है।

महाआसमानी शिविर के मुख्य लाभ :

इस शिविर के लाभ तो अनगिनत हैं मगर कुछ मुख्य लाभ इस प्रकार हैं...

✻ जीवन में दमदार लक्ष्य प्राप्त होता है।

✻ 'मैं कौन हूँ' यह अनुभव से जानना (सेल्फ रियलाइजेशन) होता है।

✻ मन के सभी विकार विलीन होते हैं।

✻ भय, चिंता, क्रोध, बोरडम, मोह, तनाव जैसी कई नकारात्मक बातों से मुक्ति मिलती है।

✻ प्रेम, आनंद, मौन, समृद्धि, संतुष्टि, विश्वास जैसे कई दिव्य गुणों से युक्ति होती है।

✻ सीधा, सरल और शक्तिशाली जीवन प्राप्त होता है।

✻ हर समस्या का समाधान प्राप्त करने की कला मिलती है।

✻ 'हर पल वर्तमान में जीना' यह आपका स्वभाव बन जाता है।

✻ आपके अंदर छिपी सभी संभावनाएँ खुल जाती हैं।

✻ इसी जीवन में मोक्ष (मुक्ति) प्राप्त होता है।

महाआसमानी शिविर में भाग कैसे लें?

इस शिविर में भाग लेने के लिए आपको कुछ खास माँगें पूरी करनी होती हैं। जैसे -

१) आपकी उम्र कम से कम अठारह साल या उससे ऊपर होनी चाहिए।

२) आपको सत्य स्थापना शिविर (फाउण्डेशन ट्रुथ रिट्रीट) में भाग लेना होगा, जहाँ आप सीखेंगे- वर्तमान के हर पल को कैसे जीया जाए और निर्विचार दशा में कैसे प्रवेश पाएँ। ३) आपको कुछ प्राथमिक प्रवचनों में उपस्थित होना है, जहाँ आप बुनियादी समझ आत्मसात कर, महाआसमानी शिविर के लिए तैयार होते हैं।

यह शिविर साल में तीन या चार बार आयोजित होता है, जिसका

लाभ हज़ारों खोजी उठाते हैं। इस शिविर की तैयारी आगे दिए गए स्थानों पर कराई जाती है। पुणे, मुंबई, दिल्ली, सांगली, सातारा, जलगाँव, अहमदाबाद, कोल्हापुर, नासिक, अहमदनगर, औरंगाबाद, सूरत, बरोडा, नागपुर, भोपाल, रायपुर, चेन्नई, वर्धा, अमरावती, चंद्रपुर, यवतमाल, रत्नागिरी, लातूर, बीड, नांदेड, परभणी, पनवेल, ठाणे, सोलापुर, पंढरपुर, अकोला, बुलढाणा, धुले, भुसावल, बैंगलोर, बेलगाम, धारवाड, भुवनेश्वर, कोलकत्ता, राँची, लखनऊ, कानपुर, चंदीगढ़, जयपुर, पणजी, म्हापसा, इंदौर, इटारसी, हरदा, विदिशा, बुरहानपुर।

आप महाआसमानी की तैयारी फाउण्डेशन में उपलब्ध सरश्री द्वारा रचित पुस्तकों, सी.डी. और कैसेटस् सुनकर कर सकते हैं। इसके अलावा आप टी. वी., रेडियो और यू ट्यूब पर सरश्री के प्रवचनों का लाभ भी ले सकते हैं मगर याद रहे, ये पुस्तकें, कैसेट, टी.वी., रेडियो और यू ट्यूब के प्रवचन शिविर का परिचय मात्र है, तेजज्ञान नहीं। आप महाआसमानी शिविर में भाग लेकर ही तेजज्ञान का आनंद ले सकते हैं। आगामी महाआसमानी शिविर में अपना स्थान आरक्षित करने के लिए संपर्क करें :**09921008060, 9011013208**

अब एक क्लिक पर ही शिविर का रजिस्ट्रेशन !

तेजज्ञान फाउण्डेशन की इन शिविरों के लिए

अब आप ऑनलाईन रजिस्ट्रेशन भी कर सकते हैं–

* महाआसमानी महानिवासी शिविर (पाँच दिवसीय निवासी शिविर)
* मैजिक ऑफ अवेकनिंग (केवल अंग्रेजी भाषा जाननेवालों के लिए तीन दिवसीय निवासी शिविर)
* मिनी महाआसमानी (निवासी) शिविर, युवाओं के लिए

रजिस्ट्रेशन के लिए आज ही लॉग इन करें

www.tejgyan.org

महाआसमानी शिविर स्थान

महाआसमानी महानिवासी शिविर 'मनन आश्रम' पर आयोजित किया जाता है। यह आश्रम पुणे शहर के बाहरी क्षेत्र में पहाड़ों और निसर्ग के असीम सौंदर्य के बीच बसा हुआ है। इस आश्रम में पुरुषों और महिलाओं के लिए अलग-अलग, कुल मिलाकर ७०० से ८०० लोगों के रहने की व्यवस्था है। यह आश्रम पुणे शहर से १७ किलो मीटर की दूरी पर है। हवाई अड्डा, हाइवे और रेल्वे से पुणे आसानी से आ-जा सकते हैं।

मनन आश्रम : मनन आश्रम, पुणे, सर्वे नं. ४३, सनस नगर, नांदोशी गाँव, किरकट वाडी फाटा, तहसील – हवेली, जिला : पुणे – ४११०२४.
फोन : 09921008060

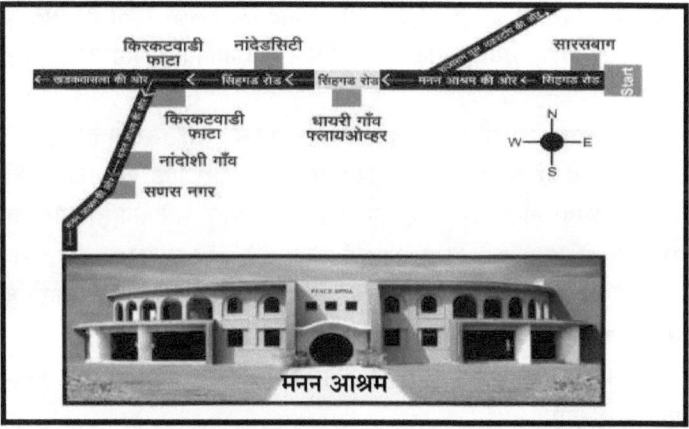

मनन आश्रम

पुस्तकें प्राप्त करने के लिए नीचे दिए गए पते पर मनीऑर्डर द्वारा पुस्तक का मूल्य भेज सकते हैं। पुस्तकें रजिस्टर्ड, कुरियर अथवा वी.पी.पी. द्वारा भेजी जाती हैं। पुस्तकों के लिए नीचे दिए गए पते पर संपर्क करें।

WOW Publishings Pvt. Ltd.

✻ रजिस्टर्ड ऑफिस – इ- ४, वैभव नगर, तपोवन मंदिर के नज़दीक, पिंपरी, पुणे – ४११०१७

✻ पोस्ट बॉक्स नं. ३६, पिंपरी कॉलोनी पोस्ट ऑफिस, पिंपरी, पुणे – ४११०१७ फोन नं.: 09011013210 / 9623457873

आप ऑन-लाइन शॉपिंग द्वारा भी पुस्तकों का ऑर्डर दे सकते हैं।
लॉग इन करें - www.gethappythoughts.org

३०० रुपयों से अधिक पुस्तकें मँगवाने पर डाक-व्यय के साथ १०% की छूट।

विचार नियम

आपकी कामयाबी का रहस्य

द पॉवर ऑफ हॅपी थॉट्स

Pages - 200

Price - 150/-

क्या हम सभी आंतरिक शांति को तलाश रहे हैं?

क्या हम अपने जीवन में आंतरिक शांति और स्थायी पूर्णता की चाहत रखते हैं? साथ ही हमें बेशर्त प्रेम और आनंद की तलाश रहती है। परंतु यह संभव नहीं लगता क्योंकि रोज़मर्रा के जीवन में चुनौतियों में हम उलझकर रह जाते हैं।

क्या हम सभी सांसारिक सफलता पाने की चाहत रखते हैं?

हम सभी संपन्न जीवन का आनंद लेना चाहते हैं। एक ऐसा जीवन जहाँ रिश्तों में भरपूर ताल-मेल और अपनापन हो, आर्थिक स्वतंत्रता हो और उत्तम स्वास्थ्य हो। हम सभी अपने काम में रचनात्मक और उत्पादक बनकर सर्वोत्तम परिणाम हासिल करने की चाह रखते हैं। लेकिन ये सब हासिल करने की कीमत हमें अपनी आंतरिक शांति खोकर चुकानी पड़ती है...

खुशखबर यह है कि अब हमें दोनों प्राप्त हो सकते हैं! 'विचार नियम' पुस्तक के ज़रिए -

- अपने आंतरिक और बाहरी जीवन में ताल-मेल बिठाएँ।
- अपनी इच्छानुसार शांत और स्थिर महसूस करें।
- विचारों के पार जाकर अपने 'असली अस्तित्व' को पहचानें, जो आपकी मूल अवस्था है।
- विचार नियमों को अपने जीवन में उतारें ताकि आप अपनी उच्चतम संभावना की ओर सहजता से आगे बढ़ पाएँ।
- मौनायाम की अवस्था में रहकर प्रेम, आनंद, करुणा, भरपूरता व रचनात्मकता जैसे गुणों को अपने अंदर से प्रकट होने का मौका दें।

आइए, बीस लाख से भी अधिक पाठकों के समूह में शामिल हो जाएँ, जिन्होंने विचारों के ७ शक्तिशाली नियमों तथा मत्रों द्वारा आंतरिक शांति और सफलता हासिल की है।

बेस्ट सेलर पुस्तक 'विचार नियम' श्रृंखला के रचनाकार सरश्री द्वारा सत्य संदेश का लाभ लें

संस्कार चैनल

सोमवार से शनिवार शाम 6:30 से 6:50
और रविवार शाम 8:10 से 8:30

www.youtube.com/user/tejgyan

For online shopping visit us - www.tejgyan.org
www.gethappythoughts.org

आप youtube की लिंक द्वारा भी सरश्री के प्रवचनों का लाभ ले सकते हैं।

हर मंगलवार, शुक्रवार, शनिवार, रविवार सुबह ९.१५ रेडियो विविध भारती, एफ. एम. पुणे पर 'तेजविकास मंत्र'

हर शनिवार सुबह ८.५५ रेडियो एम. डब्ल्यू. पुणे, तेजज्ञान इनर पीस ॲण्ड ब्यूटी कार्यक्रम

नोट : उपरोक्त कार्यक्रमों के समय बदल सकते हैं इसलिए समय पुष्टि करें।

तेजज्ञान इंटरनेट रेडियो

२४ घंटे और ३६५ दिन सरश्री के प्रवचन और भजनों का लाभ लें, तेजज्ञान इंटरनेट रेडियो द्वारा। देखें लिंक

http://www.tejgyan.org/internetradio.aspx

तेजज्ञान फाउण्डेशन - मुख्य शाखाएँ
पुणे (रजिस्टर्ड ऑफिस)
विक्रांत कॉम्प्लेक्स, तपोवन मंदिर के नज़दीक,
पिंपरी, पुणे-४११ ०१७.
फोन : 020-27411240, 27412576

मनन आश्रम
सर्वे नं. ४३, सनस नगर, नांदोशी गाँव,
किरकटवाडी फाटा, तहसील - हवेली,
जिला- पुणे - ४११ ०२४. फोन : 09921008060

e-books
*The Source *Complete Meditation *Ultimate Purpose of Success *Enlightenment *Inner Magic *Celebrating Relationships *Essence of Devotion *Master of Siddhartha *Self Encounter, and many more.
Also available in Hindi at www.gethappythoughts.org

Free apps
U R Meditation & Tejgyan Internet Radio on all platforms like Android, iPhone, iPad and Amazon

e-magazine
'Yogya Aarogya' & 'Drushtilakshya'
emagazines available on www.magzter.com

e-mail
mail@tejgyan.com

website
www.tejgyan.org, www.gethappythoughts.org

- नम्र निवेदन -
विश्व शांति के लिए लाखों लोग प्रतिदिन
सुबह और रात ९ बजकर ९ मिनट पर प्रार्थना करते हैं।
कृपया आप भी इसमें शामिल हो जाएँ।

www.ingramcontent.com/pod-product-compliance
Lightning Source LLC
La Vergne TN
LVHW040145080526
838202LV00042B/3032
* 9 7 8 8 1 8 4 1 5 5 5 0 1 *